Irmtraud Morgner

Die wundersamen Reisen Gustavs des Weltfahrers

Lügenhafter Roman
mit
Kommentaren

Carl Hanser Verlag
München

ISBN 3 446 11695 8

Lizenzausgabe mit Genehmigung des
Aufbau-Verlages Berlin und Weimar
Alle Rechte vorbehalten:
Carl Hanser Verlag, München
Umschlagentwurf: Hannes Jähn
Satz und Druck: Offizin Andersen Nexö, Leipzig
Bindung: Friedrich Pustet, Regensburg
Printed in the German Democratic Republic

„Denn da unser Enzyklopädist nie das innere Afrika oder nur einen spanischen Mauleselstall betreten, oder die Einwohner von beiden gesprochen hatte: so hatt' er desto mehr Zeit und Fähigkeit, von beiden und allen Ländern reichhaltige Reisebeschreibung zu liefern ..."

Jean Paul
„Das Leben des vergnügten
Schulmeisterlein Maria Wuz
in Auenthal"

Vorwort der Verfasserin

Ich lernte meinen Großvater kennen, als er begraben war. Er hieß Gustav und sah auch so aus. Pensioniert, saß er meist auf dem Küchensofa und rauchte Pfeifen mit krummem Mundstück und brustlangem Rohr. Verließ er die Wohnung auf eine Stunde, kehrte er selten am selben Tage zurück. Ich begegnete ihm auf einem Kontrollgang in der Alten Universität. 1953, er war 44 gestorben. Das Wachbuch hatte mir das Hauptgebäude verantwortet und einen Teil des Seitenflügels, in dem das Kunsthistorische Institut Demonstrationsobjekte lagerte. Gipsabgüsse griechischer Skulpturen und ähnlicher Altertümer. Der Saal roch nach Staub, von dem die abgebildeten Gesichter und Faltenwürfe geebnet waren. Ich trug eine Eisenstange und eine Taschenlampe. Mein Liebhaber und späterer Ehemann begleitete mich. Da ich in einem Studentenheim wohnte und er in Untermiete, bevorzugten wir Nachtwachen. Neunzehn Uhr hatten wir uns vom Pförtner die Schlüsselbunde aushändigen lassen. Mein Begleiter klirrte damit in unübersichtlichen Gängen, die von den Gipsabgüssen und wandlosen Regalen gebildet wurden. Unheimliche Schatten, gespenstischen Charakter mußte ich ihnen aus weltanschaulichen Gründen absprechen.

Dennoch sah ich mir einige Stücke genauer an, mein Begleiter prinzipiell nicht, er fühlte sich vom humanistischen Gymnasium befleckt. Aber er studierte Geschichte. Eine Wissenschaft, der, wie mir schien, wegen ihrer zurückliegenden Forschungsgegenstände logischerweise ein gewisser reaktionärer, wenigstens formalistischer Verdacht anhaftete, nur Beschäftigung mit historischem Material zwecks Erarbeitung von Lehren für Gegenwart und Zukunft hielt ich für gerechtfertigt, fortschrittliche Leute, zu denen ich mich zählte, interessierte Gegenwart und Zukunft. Praktisch. Schweiß sickerte aus den Achselhöhlen. Auch wegen der Schwüle, die im Saal stand, vergleichbar der auf sommerlichen Spitzböden. Mein Begleiter prüfte die Fensterriegel. Der Lichtkegel meiner Taschenlampe erreichte die Oberlichtkonstruktion undeutlich. Die Rahmen faßten zur Hälfte Holz, als mein Begleiter stolperte, sagte ich „halt", dann etwas über die vorbildliche Ordnung im Keller meines Großvaters väterlicherseits. Mein Begleiter beneidete mich um meine proletarische Verwandtschaft. Er entstammte einer Lehrerfamilie. Ich hatte die Universität 1952 allein betreten. Der Pförtner, bei dem ich mich auszuweisen hatte, saß in einer Bude, die aus Brettern zwischen ionischen Säulen gezimmert war. Beiderseits Windfangtüren. Dann durchhängende Ketten mit Schildern. Auf den Schildern stand „Betreten verboten, Einsturzgefahr". Die lehrbetrieblichen Aushänge begriff ich schwer. Den Vorlesungen und Bibliotheken war ich nicht gewachsen. Im Heim, wo ABF-Studenten und ausländische wohnten, entlarvte ich Professoren. Es war neuerrichtet, riesige Korridore, kleine Zimmer, ich bewohnte eins mit einer Bulgarin. In meiner Eigenschaft als Betreuerin: ein Ehrenamt, das ich meiner Überzeugung und Abkunft verdankte. Mein Vater war Lokomotivführer. Dreißig Jahre älter als ich. Die Universität war 1409 gegründet worden. Im Heim fühlte ich mich zu Hause. Es war von einem Zaun umgeben, der während meiner Studienzeit auf zwei Meter erhöht wurde. Im Garten unterhielt der Hausmeister eine Boxerhundezucht. Nach dem ersten Kontrollgang schrieb ich „Keine besonderen Vorkommnisse" ins Wachbuch. Es lag im Sekretariat des Anglistischen Instituts. Ein bärtiger Aspirant der germanischen Philologie schlief auf Matratzen neben dem Schreibtisch. An den Wänden Fichtenregale, die Querbretter durchgebogen, Buchrücken mit englischen Titeln, Staubgeruch. Überall dieser Staubgeruch, am stärksten in der Universitätsbibliothek. Da mußte man bisweilen Standortsignaturen aus ledergebundenen Folianten ermitteln. Die Signaturen waren in deutscher Handschrift eingetragen, Aufstriche haarfein, Abstriche mit schnabelnder Feder verbreitert, große Unter- und Oberlängen, Schnörkelinitialen. Der Katalogsaal unterstand einem Professor. An Sonntagen, wenn die Universitätsbibliothek geschlossen war, hielt sich dieser Professor in der Deutschen Bücherei auf. Mein Großvater besaß ein sechsbändiges Lexikon und eine Auswahl Erzählungen aus Tausendundeiner Nacht. Die Bücher hatte er auf einer Schutthalde gefunden.

Magenkrebs war die einzige Krankheit seines Lebens gewesen. Die Erinnerung an das Bett, in dem er mählich verhungerte, hinderte mich auch, den Tod anzuerkennen. Aufzuheben. Mein Begleiter begab sich hinter die Absperrketten und fand ebenfalls Auflegematratzen. Er schleppte sie in den Seminarraum des Instituts für neuere deutsche Literatur, dessen greisenhafter Lehrstuhlinhaber kürzlich eine Studentin geehelicht hatte. Seine ringbesteckten Hände rieb und rang er über Vorlesungsmanuskripten, aus denen er nach Aussagen von höheren Semestern seit Jahrzehnten deklamierte. Vorzugsweise Liebesgedichte von Goethe. Die Matratzen wurden auf zwei Tische gebreitet, die schicklichen Abstand hatten. Wir lagerten uns und bedeckten die Beine mit unseren Mänteln. Der Mond schien durch die riesigen Rundbogenfenster. Geflüster über Klassenkampf. Modergeruch stieg aus den gewärmten Polstern. Die mit Schnitzholzschnörkeln bebaute Lehne des Sofas, auf dem mein Großvater breitbeinig zu sitzen pflegte, hatte gehäkelte Schoner, die er Krempel nannte. Einen gewissen Hiemer nannte er Lorgsluder, wenn das Radio von dem komponierte oder dirigierte Musik spielte, befahl er der Großmutter, abzuschalten. Bevor der Befehl erteilt wurde, sog Großvater Gustav heftig bei offenem Pfeifendeckel, warf ihn dann zu mit dem Daumen, hob den Bißknopf übers erhaltene Untergebiß, eine Rauchzunge schlug augenblicklich hinauf zum Schnurrbart und zurück, die Quasten pendelten vom Rohr. Er kommandierte lauter als

mein GST-Gruppenleiter Ordnungsübungen. Die
Küche maß etwa sechzehn Kubikmeter. Meine Großmutter hatte sie zeitlebens nur zu Einkäufen verlassen. Meine Eltern wollten für mich das Beste: Steno-
typistin. Einen Jungen, der sich als Buchhalter
träumt, würde man Ärzten vorführen. Um Kraft zu
haben, etwas Größeres zu tun, braucht man Mut,
etwas Größeres zu wollen. An solchem Mut gebrach
es mir wie allen Frauen, schon im Vorschulalter hatte
ich mir den damals natürlichen Wunsch nach Lokomotiven geschlechtshalber versagen müssen. Jugend-
organisation und Partei hatten meine Immatrikula-
tion befürwortet. Männliche Mitglieder meiner Semi-
nargruppe wollten die wissenschaftliche Laufbahn,
Regisseur oder Dichter. Ich hatte Mühe, Redakteur zu
wollen. Daß ich einer Lokomotivführerfamilie entstammte, war mir nicht leibhaft bewußt. So alleinste-
hend, traf mich Historie aus Mündern von Professoren und aus Büchern. Bedrohung. Daß Eindringlinge
den Weg übers Glasdach nehmen könnten, bezwei-
felte mein Begleiter, erhob sich, bestieg alle Fensterbretter und prüfte alle Fensterriegel. Das Glasdach
vom Kunsthistorischen Institut war jenseits der Fenster in Estrichhöhe gelegen. Ich erhob mich auch. Unseren Absatzschlägen antworteten Echos. Alle Räume
hatten Gewölbeakustik. Hallend fiel die Tür ins
Schloß. Der zweite Kontrollgang führte durch die
Gänge des Germanistischen Instituts. Putzgeschä-
digte Wände, frisch getüncht, altvätrische Kleider-
ständer neben weißrenovierten Türen, Balustern. Jen-

seits der Balustern die von einem romanischen Gewölbe gedeckte bauwerkhohe Halle war schon bei Tageslicht unheimlich. Die an Ketten hängenden Verbotsschilder sperrten den Zugang im Erdgeschoß. Hinter den Ketten Büro- und andere Gebrauchtmöbel, gelagert neben- und übereinander. Die Kassettendecke des Gewölbes, mit kolossalen plastischen Rosetten besetzt, war schmutz- oder rauchgeschwärzt. Einheitlich düster. Die hellen Bruchstellen, wo der mürbe Stuck bloßlag, wie aussätzig, musterten. In Gängen mit vernagelten Türen standen Büsten. Sie bildeten Männer ab, die an der Alten Universität studiert oder gelehrt hatten. Ihre Namen, mir meist unbekannt, sowie Geburts- und Sterbejahr waren eingemeißelt. Ich beleuchtete sie mit der Taschenlampe. In den Granitstein, der auf dem Grab meines Großvaters stand, war nur sein Zuname graviert. Drüber das Wort „Familie". Das Bett, in dem der Großvater starb, war schwarzbraun gebeizt, sargfarben, wie mir schien, die Pfosten von Kugeln gekrönt, beiderseits zu Füßen waren um die Verjüngungen zwischen Pfosten und Kugel Hanfstrickenden geknotet, die Strickschlinge lag auf dem Deckbett, mein Großvater ergriff sie, wenn er sich aufrichten wollte. Da war er mir noch unheimlicher als liegend. Richtig tot sah ich ihn gar nicht an. Damals, neunjährig, erschienen mir Sterben und Liebe als Schamlosigkeiten. Zehn Jahre später hielt ich den gewöhnlichen Tod nicht für erwähnenswert, weil hinderlich beim Vorwärtsschreiten. Wer Gedachtes hinterlassen hatte, lebte weiter im Gedachten. Wenigstens

schriftlich. Mein Großvater hatte nicht mal Briefe geschrieben. Derart entblößt traf mich die erste Vorlesung
des Fachprofessors. Er eröffnete, daß hierorts über Kunst
verhandelt würde, einen Gegenstand, dem man sich
wissenschaftlich nur einschlägig begabt nähern könnte, gewöhnliche Intelligenz oder Fleiß genügten nicht.
Obgleich ich den Professor vor versammelter Partei-
gruppe als Begabtentheoretiker erkannte, trug ich
mich ein Jahr mit seinem Ratschlag, bereits im Zwei-
felsfall eine andere Fachrichtung zu wählen. Erst auf
diesen Kontrollgängen zum Schutz vor konterrevolu-
tionären Anschlägen erwuchs mir leiblich die Ah-
nung, daß Gegenwart Schnittpunkt der beiden Ewig-
keiten Vergangenheit und Zukunft wäre. Das enthob
mich der Mühe, ein sargfarbenes Bett zu vergessen.
Plötzlich, nach Mitternacht. Die uns von der Kreis-
leitung zugeteilte Kaffeeration hatte ich im Keller
aufgebrüht. Koffein pflegte mich in überwache Zustände zu versetzen und in die Lage, beispielsweise
innerhalb zweier Tage eine mittelhochdeutsche Gram-
matik zu memorieren. Mein Begleiter konnte nach
Kaffee schlafen. Der Fachprofessor würzte seine Vorlesungen mit Anekdoten, in denen er Schriftsteller
duzte. Hinterm Pult sah er größer aus, sprach frei
und ohne Akzent, wenn er Gedichte vortrug, war die
Artikulation besonders heftig, ich respektierte ihn
deprimiert, weshalb ich ihn gelegentlich bekämpfen
mußte. Sächsisch, mein Großvater sprach den Dialekt
mit Würde. Seine polternde Stimme hätte den Hörsaal vierzig mühelos gefüllt. Auch in dieser Nacht

konnte ich nicht ermitteln, weshalb dieser Hörsaal so hoch benummert war, das Germanistische Institut verfügte über noch einen Hörsaal mit der Nummer drei, der ausgebrannten Vorderfront des einschüchternden Bauwerks konnte ich die Differenz nicht zutrauen. Die Karyatiden des schuttgeschlossenen Portals, Riesenweiber mit antikischen Faltenwürfen, sahen auf den Karl-Marx-Platz. Von da war Straßenbahnverbindung zur Deutschen Bücherei. Noch ein einschüchterndes Bauwerk, von den Katalogsälen nicht zu reden. Ich mußte mich an die Handbibliothek halten. Bis ich die Alte Universität und den Großvater kennengelernt hatte. Der Philosophieprofessor sprach stundenlang nur außerordentliche, makellose Sätze: ein Dichter. Als Manuskript legte er bisweilen ein Blatt aufs Katheder, das mit einem Wort voll beschrieben war. Womöglich um den Hörern entgegenzukommen, beugte er sich oftmals drüber wie ein Kurzsichtiger, die eingeschliffenen Lupen seiner Brillengläser machten die Augen unkenntlich. Weißes Haar wuchs ihm übermäßig aus niedriger, ungewölbter Stirn. Er handhabte die Worte gelassen, nicht eilig, aber mein Verstand hätte nach jedem Denkfermaten gebraucht, ich begriff nicht die Hälfte. Der Professor konnte die Studenten wesentlich nicht Philosophie lehren, sondern sich. Er verbreitete nicht Gewißheit von Wissen, sondern von Unwissen. Arbeitshunger. Jugendliches Kraftbewußtsein. Leidenschaft. Er kreidete gelegentlich einen Strich an die Tafel und beschrieb Vorstellungen, die man davon haben sollte. Lange. Wenn mein Großvater sprach, hielt seine Hand den Pfeifenkopf, der Arm hing angewinkelt wie ein zu Schaden gekommener in schwarzem Dreiecktuch Er sprach in Bildern. Ich gewahrte sie in dieser Sommernacht in Hörsaal vierzig. Sitzend neben dem Bildwerfer. Er war in mittlerer Höhe zwischen die ansteigenden Sitzreihen gebaut. Gerichtet auf eine sechsteilige, verschiebbare Wandtafelanordnung. Auf deren Sims dicht unter der Decke lehnten stoffbezogene Bretter. Papierbuchstaben, die künstlerischen Formwillen verrieten, waren mit Nadeln an den roten Stoff gesteckt, so konnten die formal dezenten Losungen leicht erneuert werden. Auch inhaltlich mußte kleinbürgerliches Professorenbewußtsein berücksichtigt werden. Mein Großvater schwieg, als er sprach. In kodifizierten Programmen meiner körperlichen Erscheinung, wenn wir kein Glück haben, tragen wir diese Programme unentziffert umher. Ich hatte Glück, als ich neben dem Bildwerfer saß. Unterarme auf der hochgeklappten Schreibplatte, als ob ich notieren wollte. Taschenlampe aufs Katheder gerichtet: lichter Augenblick. Großvater Gustav war von Kultur ein Lügner, nicht von Natur. In ihm arbeitete die Schöpferkraft der Machtlosen. Zu ungeduldig, um warten zu können, eignete er sich die Welt an, bevor sie ihm errungen war. Eine legendäre Gestalt. Der Philosophieprofessor entstammte einer Gelehrtenfamilie. Ich entstammte einer Lokführerfamilie. Seit jener wachsamen Sommernacht, da mir die Geschichte begegnete. Umständehalber legendär.

Keiner, der sich müht, etwas Größeres zu wollen, kann ihren Beistand entbehren. Als ich den Großvater später porträtierte, vermischten sich die Details meiner und seiner Erfahrung. Er hat keine Biographie, sondern Biographien. Wir leben miteinander.

Bele H.

In der Stadt C. lebte unter der Arbeiter-und-Bauern-Macht ein Mann, Gustav der Schrofelfahrer genannt. Jeden Morgen bestieg er fluchend die Kabine seines Wagens. Den lenkte er von Haus zu Haus, von Straße zu Straße. Eines Mittags ließen ihn die Arbeiter ungewöhnlich lange warten. Gustav hängte den linken Arm aus dem Fenster und klopfte mit der rechten Hand das heiße Lenkrad. Schweiß rann unterm Hemd. Der Schlund war staubtrocken. Als sich das Gepolter nur zögernd näherte, verfluchte der Schrofelfahrer die Arbeiter, die die leeren Tonnen in die Höfe zurücktrugen, öffnete die Tür, stieg ab und floh auf die Schattenseite der Straße. Als er eine Weile spaziert war, kam er an ein Haus mit großen vergitterten Kellerfenstern, vor denen der Fußweg gesprengt und gefegt war, und die Luft dort war kühl. Gustav trat näher. Die beiden Kellerfenster standen offen. Sie hatten breite, mit Aluminiumblech belegte Fensterbretter. Das Blech glänzte. Gustav der Schrofelfahrer ließ sich auf dem rechten Fensterbrett nieder, schob die Mütze aus der Stirn und lehnte sich an das schmiedeeiserne Gitter. Es drückte kühl die Rückenhaut. Ein Luftzug trocknete den Schweiß. Als der Schrofelfahrer den Mützenschirm über die Augen ziehen wollte, roch er Thymian. Er wandte sich um. Seine sonnengeblendeten Augen konnten in der vergitterten Dunkelheit nichts ausmachen. Fluchend spie er den Speichel aus, der sich auf seiner Zunge gesammelt hatte, drückte die Handflächen gegen die Knie, erhob sich und wollte zurück zu seinem Müllwagen, als ein Junge aus der Haustür trat und sagte: „Mein Großvater will mit dir Bier trinken." Gustav erwiderte, daß ein Kraftfahrer im Dienst kein Bier trinken dürfte, rief die Mittagspause aus und folgte dem Jungen. Der führte ihn durch einen dunklen Hausflur mit gedrechseltem Treppengeländer und klingelte an einer im zweiten Stockwerk gelegenen Wohnungstür, indem er den Ring des Türklopfers anhob. Eine alte Frau öffnete, der Junge wiederholte, was er Gustav dem Schrofelfahrer gesagt hatte, und schob ihn in den Korridor. Die alte Frau wich zurück, führte ihn in die Küche und bot ihm einen Stuhl an. Auf dem Tisch, an dem der Stuhl stand, lag eine Wachstuchdecke. Gustav der Schrofelfahrer stützte seine Ellenbogen auf die Oberschenkel und schlug Handfläche auf Handrücken, sein Gesicht spiegelte sich im Linoleum, die alte Frau putzte den Ofen mit Sandpapier. Nach einer Weile trat ein Mann in die Küche, berührte das Schild seiner Mütze mit dem rechten Zeigefinger und fragte die Frau, warum kein Bier auf dem Tisch stünde. Die Frau fragte, welches Bier, sie hätte keins und wüßte gern, wer der Herr wäre, wegen dem sie die Küche werde wischen müssen. Der Mann warf seine Mütze auf das Linoleum, betrat sie, hob sie auf, bürstete sie mit dem Unterärmel, wobei er pustete und spuckte, polierte das

Schild, richtete die Fasson und stellte dem Gast die Frau als seine Frau Klara vor. Dann rollte er das rechte Auge. Klara versicherte, daß sie in wenigen Minuten zurück wäre. Gustav der Schrofelfahrer sagte, daß er kein Bier trinken dürfte und nicht stören wollte, und wandte sich zur Tür. Da befahl ihm der Hausherr, Platz zu behalten, bestellte noch eine Portion Suppe und hieß ihn willkommen. Bald stellte Klara einen eisernen schwarzen Topf auf den Tisch, gefüllt bis zum Rand mit dampfender Kartoffelsuppe. Der Hausherr schob dem Gast einen Teller vor die Brust, schöpfte drei Kellen nach Thymian riechender Suppe darauf und wünschte Appetit. Der Gast dankte, begann zu rühren, zu pusten und zu löffeln. Als er den Teller zum vierten Male geleert hatte, nahm der Gastgeber rülpsend den Dank für die Bewirtung entgegen und sprach: „Gelobt sei der Tag. Wie aber ist dein Name und dein Gewerbe." Sprach der andere: „Ich bin Gustav der Schrofelfahrer, angestellt bei der städtischen Müllabfuhr." Da erhob sich der Hausherr, rollte drei blaue Funken aus seinem linken Auge und erwiderte: „Dein Name ist dem meinen gleich, denn ich bin Gustav der Weltfahrer." Dann hieb er seine Hände auf die Schultern seines Gastes, holte eine Flasche Korn aus der Speisekammer, nahm einen Schluck und sagte: „Bruder, du sollst erfahren, was ich durchmachen mußte, ehe mein Keller gefüllt war, denn nicht ohne Mühsal die Hülle und Gefahren die Fülle kam ich zu solchen Schätzen. Ich habe sieben Reisen gemacht, und an jeder hängt eine wunderbare Geschichte." Nach diesen Worten führte der Hausherr Gustav den Schrofelfahrer hinab in seinen Keller, zündete eine Petroleumlampe an und erzählte mit ähnlichen Worten

Die erste Reise
Gustavs des Weltfahrers

Wodurch dem Schrofelfahrer geniale Schrullen und andere Geheimnisse vom großen Leben eines kleinen Mannes eröffnet wurden. Nebst gemächlichen Einblicken in gelobte heimatliche Ländereien und flüchtigen in unwirtliche Fremden. Letztere für eine nicht vorhandene Sammlung, von der auch keine Rede war.

Mein Vater starb, als ich noch ein Kind war. Er hinterließ mir weder Besitz noch Geld, sondern Talent. Damit bewarb ich mich, als ich das vierzehnte Lebensjahr vollendet hatte, repräsentiert durch meinen Rechtsvertreter Emil Hädler, bei der Königlich-Sächsischen Staatseisenbahn. Ich wurde als Schlosserlehrling eingestellt, lernte aus, wurde Geselle, später Hilfsheizer, Heizer, Reservelokomotivführer und erreichte im Mannesalter, wozu ich berufen war. Ich zeugte vierzehn Kinder und fuhr große Lokomotiven, in meinen besten Jahren nur D-Zug-Lokomotiven. Alle Haupt- und viele Nebenstrecken meiner Reichsbahndirektion kannte ich. Wenn ich vom Dienst kam und die Küche betrat, wo man sein Wort schlechter verstand als auf steifachsigen Lokomotiven, begaben sich die großen Kinder auf die großen Bänke, die um den großen Tisch standen, und die kleinen auf die kleinen Bänke, die um den kleinen Tisch standen. In unserer Küche standen damals nur Tische und Bänke und ein gemauerter Herd. Auf dem kochte meine Frau Klara Kartoffelsuppe, Kaffee und Windeln in großen Töpfen. Über dem Herd hing ein Wandbord. Dort standen ein Dutzend zwiebelgemusterte Gewürzdosen, die nicht enthielten, was ihre Aufschriften besagten, sondern: Thymian, Estragon, Basilikum, Sellerie, Liebstöckel, Kümmel, Majoran, Beifuß, Dill, Pfeffer, Leberwurstgewürz, Blutwurstgewürz. Was ich verdiente, zahlte ich in die von meiner Frau verwaltete Haushaltkasse. Die Kasse leerte sich monatlich. Ich sammelte Werte in meinem Keller. Meine Heizer durften die Maschine nicht auf der Seite besteigen, wo der Führerstand war. Ich glaubte, dieses Leben würde dauern. Mit fünfundsechzig erwachte ich aus meiner Arglosigkeit. Und ich sah, daß mein Wohlstand Mißstand geworden war und mein Reichtum Armut. Da stieg ich hinab in den Keller. Das Gewölbe, in dem wir uns befinden, hatte sich im Laufe meines Lebens mit Werten gefüllt; Drähte verschiedener Materialien und Stärke, desgleichen Blechstücke, Nägel, Niete, Gegenstände aus Metall, über der Kartoffelhorde materialmäßig geordnet, von rechts nach links: Kupfer, Messing, Blei, Zink, Zinn, Stanniol, Gußeisen, Schmiedeeisen, Gegenstände aus

Holz über der Hobelbank nach Holzarten geordnet, Bretter, große Auswahl an Bindfäden und Tauwerk, eine Kiste voll Lederflecken, altem Schuhwerk abgewonnen, Räder von Handwagen, Kinderwagen und Uhren, viele Einzelstücke, zum Beispiel ein Schirmgestell, zwei Drittel eines grüngläsernen Tischlampenschirms, ein Dreifuß, Chenilleblumen, ein Kuhhorn, die Knopftaste einer Ziehharmonika, hundertdreißig Zentimeter Feuerwehrschlauch, ein Schwad Engelshaar. Und Werkzeug jeglicher Art und Größe. All das hatte auf Schrottplätzen des Bahnbetriebswerks, in Steinbrüchen, auf Müllhalden und auf der Straße gelegen. Ich hatte mich nur danach bücken müssen, ein talentierter Mensch döst nicht durch die Welt, er begeht sie wie der Pilzsammler den Wald. Meine Frau und die Kinder nannten die Werte, die ich in guten Zeiten täglich dem System meiner Sammlung zuordnete, Gerümpel. Ich verbrachte manchen dienstfreien Tag im Keller. Als ich mit fünfundsechzig in Rente ging, waren die Küchenbänke leer und der Rangierbahnhof ruinenumstellt. Da das Betreten von Ruinengrundstücken verboten war, hatte ich meine Sammlung nach dem Krieg kaum vergrößern können. Buntmetalldiebstähle wurden mit Zuchthaus geahndet. Ich verfluchte die Welt und verbrachte manche Woche im Keller. Dort schlief ich auf der Drehbank. Die Töpfe mit Kartoffelsuppe schickte ich meiner Frau in diesen Hungerjahren bisweilen halbgeleert zurück. Die von ihr gerufenen Ärzte schlug ich mit Briketts in die Flucht. Eines Tages aber kam mir die Vernunft zurück. Ich erinnerte mich an ein Wort Salomos des Davidsohnes, das ich als Kind von meinem weitgereisten Vater vernommen hatte: „Ein lebender Hund ist besser als ein toter Löwe, und das Grab ist besser als der Mangel." Blaß wie ein Grottenmolch stieg ich hinauf in die Wohnung, band die blaue Schürze ab, zog die inzwischen wieder passende Ausgehuniform meiner besten Jahre an und machte mich auf den Weg. Von nun an machte ich mich täglich gegen sieben auf den Weg und arbeitete bis zum Einbruch der Dunkelheit. Zuletzt blieb ich sogar zum Leidwesen meiner Frau zwei Tage und zwei Nächte aus. In der zweiten Nacht wurde ich festgenommen. Eine Streife der Bahnpolizei hatte mich im Führerhaus einer auf dem Lokfriedhof abgestellten XH1 Schnellzuglokomotive entdeckt. Verhör. Zu dem wurde bald der Dienststellenvorsteher und der Betriebsarzt hinzugezogen. Als der Dienststellenvorsteher die Wachstube betrat, erhob ich mich, bedeckte meinen Kopf, legte die linke Hand auf die linke seitliche Hosennaht und den rechten Zeigefinger an den Uniformmützenschirm und wiederholte meine Aussagen. Ich erläuterte sie an Hand von Zetteln, die mit Zeichnungen versehen waren, den Verdacht, es handelte sich bei den ruß- und ölverschmierten Skizzen um chiffriertes Spionagematerial, wies ich zurück, indem ich meine Mütze auf den Boden warf und drauf trat. Dann hob ich sie wieder auf, bürstete sie mit dem Unterärmel ab, richtete die Fasson, legte die Mütze zurück auf den Tisch und begann von vorn mit der Erläuterung meiner Konstruktionspläne. Durch ausschließlichen Gebrauch von Fachbezeichnungen wußte ich es so einzurichten, daß außer dem Dienststellenvorsteher niemand meinen Worten folgen konnte. Dann sprach ich über meine Reisepläne und daß ich den gesamten Lokfriedhof inspiziert, die sichtbaren Defekte der interessantesten Stücke zeichnerisch erfaßt und mich schließlich für eine 2' B1 h2 Schnellzuglokomotive der sächsischen Staatseisenbahn, Gattung XH1, DR-Nr. 14301, gebaut von Hartmann 1909, entschieden hätte. Die wollte ich kaufen, reparieren und den vielfältigen Anforderungen, die eine Weltreise an eine Maschine stellt, entsprechend ausbauen und ausrüsten. Baumaterial war in meinem Keller ausreichend vorhanden. Ich legte dem Dienststellenvorsteher einen Kaufvertragsentwurf mit einem nach dem Schrottwert berechneten Preisangebot vor. Der Dienststellenvorsteher erwirkte durch seine Bürgschaft die Freilassung des ehemaligen Mitglieds seines Personalbestandes und entschuldigte sich mit dringenden Geschäften. Die nächsten sechs Wochen verbrachte ich vorwiegend in den Vorzimmern des Dienststellenvorstehers, des BGL-Vorsitzenden und des Parteisekretärs. Mit Beharrlichkeit und Phantasie überwand ich die Sekretärinnen. Binnen kurzem ergriffen die leitenden Angestellten des Betriebes bereits die Flucht, wenn sie meinen Namen hörten. Ich wandelte pfeifend durch die Gänge des mir während meiner Dienstzeit unsympathisch gewesenen Verwaltungsgebäudes. Fehlten nur noch Unterschrift und Stempel unter dem Kaufvertrag, und auch die Welt wurde wieder sympathisch. Das heißt überfahrbar. Von Rädern, die meinen Befehlen folgten. Da die Welt viele Länder hat und ich bereits im neunundsechzigsten Lebensjahr stand, bat ich um Beeilung. Sieben Monate später erhielt ich Unterschrift und Stempel. Zwar nicht unter den Kaufvertrag für die XH1. Aber nach Zusammentritt etlicher Kommissionen, der Verfertigung mehrerer fachlicher und politischer Gutachten sowie einer gesellschaftlichen Beurteilung durch die BGL, die Person des Antragstellers betreffend, genehmigte der Minister für Verkehrswesen auf Vorschlag der Reichsbahndirektion Dresden dem pensionierten Lokomotivführer Gustav H. auf Grund seiner einundfünfzigjährigen treuen Dienste bei der Deutschen Reichsbahn ausnahmsweise den Ankauf einer YII T Naßdampftenderlokomotive, Baujahr 1886, aus den Schrottbeständen der Deutschen Reichsbahn für private Zwecke unter der Bedingung, ich zitiere wörtlich: „daß der Käufer sich verpflichtet, die Schienenwege innerhalb der Staatsgrenzen der Deutschen Demokratischen Republik nicht zu benutzen. Die Fahrerlaubnis für die unter der Nummer 98 7021 registrierte Maschine ist nicht übertragbar. Ein Weiterverkauf der auch nach Vertragsabschluß dem Verantwortungsbereich der DR unterstehenden Lok an Dritte ist nicht statthaft. Bauliche Veränderungen an der Maschine, die dem Ansehen der DR zum Schaden gereichen, können gemäß Artikel 12 Absatz 3 mit Geldstrafen bis zu tausend Mark der

Deutschen Notenbank geahndet werden." Die feierliche Übergabe der Lokpapiere erfolgte im Rahmen
einer Betriebsversammlung mit dem Thema „Der
Brigadeplan und wie geht es weiter". Der Dienststellenvorsteher bat mich, nach der Übergabe einige
Worte zum Thema zu sagen. Ich sagte: „Der Brigadeplan ist gut, ich frage mich nur, seit wann Stutz-
lokomotiven im Weltreiseverkehr eingesetzt werden.
Soll ich die Kohlenvorräte in meinen Rocktaschen lagern? Und schlafen? Auf dem Führerstand einer YII T
ist kaum Platz zum Stehen. Entweder ihr gebt mir zu
der Hitsche einen Tender und einen geschlossenen
Güterwaggon, den ich als Wohnwagen ausbauen
kann, oder die von mir im Auftrag des Ministers
zur Durchführung gelangende Reise scheitert, und
ihr tragt die Verantwortung." Stimmengewirr. Der
Dienststellenvorsteher drängte sich durch die aufbre-
chende Versammlung, versprach mir schriftlich das
Geforderte, ohne die Anwesenden davon in Kenntnis zu setzen, führte mich aus dem Saal und vor das
Betriebstor und sagte dem Pförtner, daß mir das Betreten des Werkgeländes mit Ausnahme des Lokfriedhofs ab sofort untersagt wäre. Ich legte die linke
Hand auf die linke seitliche Hosenbiese und den
rechten Zeigefinger an den Mützenschirm. Dann besuchte ich die nächste Kneipe, spendierte allen Gä-
sten einen doppelten Korn und trank selber zwei Flaschen. Wie ich nach Hause gekommen bin, weiß ich
nicht zu sagen, jedenfalls ließ meine Frau Klara den
Pfarrer kommen. Die Gebete des Pfarrers weckten

mich. Ich fluchte den Seelsorger aus der Wohnung. Dann schlief ich drei Tage. Am vierten Tag trieb mich der Hunger aus dem Bett. Ich zog das Nachthemd aus, kratzte mir Brust und Schultern und sang: „Ist denn kein Stuhl da, Stuhl da, Stuhl da, für meine Hulda rampam." Dann rief ich nach der Arbeitsuniform, aß in Eile zwei Liter mit Dill gewürzter Kartoffelsuppe, füllte im Keller einen Tragkorb mit Werten, schulterte ihn und verließ die Wohnung sechs Uhr achtzehn in der Früh. Der Hausflur roch nach Pfefferminztee. Entlang des Rinnsteins hatte die Straße einen nassen Streifen. Die Sonne blinzelte durch die oberen Fensterlöcher der Ruinen- und Rohbaufassaden, die den Rangierbahnhof umstanden. Die Luft war lau. Der Tragkorb knarrte. Sechs Uhr zweiundfünfzig erreichte ich den im Stadtteil Hilbersdorf gelegenen Lokfriedhof. Die Achtundneunzigsiebzigeinundzwanzig stand zwischen einer achtundfünfziger und einer sechsundachtziger. Unter dem Dach der sechsundachtziger nisteten Schwalben. Ich setzte den Korb ab, schlug der Achtundneunzigsiebzigeinundzwanzig auf die Kuppelstange und sprach: „Grüß Gott, Alte." Dann holte ich weiße Putzwolle aus dem Korb, wischte den Ruß von der Hand, der Kuppelstange, der Schubstange und der Exzenterscheibe und sagte: „Dreckdampfer." Die Führerhaustür quietschte. Die Bodenbretter waren mürbe, die Schürhaken verrostet. In der Feuerbuchse lag ein Filzstiefel. Der Filz war zerfressen, das Leder hart, mit einem Schustermesser, das ich immer bei mir trage, schnitt ich die

28

besten Stücke vom Ringbesatz, spuckte Priemsaft in die winzige Buchse und sprach: „Hulda, mit dir bin ich angeschmiert, in der Buchse kann man vielleicht Karnickel züchten, aber kein Feuer für Weltreisen." Ich prüfte nochmals die vor dem Kauf von mir angefertigte Liste der reparaturbedürftigen Maschinenteile, sang „Ist denn kein Stuhl da, Stuhl da, Stuhl da, für meine Hulda rampam" und versah die Bezeichnungen der zuerst in Arbeit zu nehmenden mit Bleistiftkreuzen. Hinter die Abkürzungen für Steuerung und Regler setzte ich je ein Bleistiftkreuz. Nun holte ich Werkzeug, Material und vor allem Putzwolle und Öl aus dem Tragkorb und begann zu arbeiten. In den ersten Wochen verbrauchte ich trotz größter Sparsamkeit beinahe drei Viertel der Kellervorräte an Putzlappen und alle Ölneigen, die mein Freund Anton für mich auf reparaturbedürftigen Maschinen mühsam gesammelt hatte. Mein Freund Anton arbeitete als Schlosser im Reichsbahnausbesserungswerk. Maschinenöl war derzeit rarer als heute, Putzwolle für Weltreisen nicht erlangbar. Dennoch glänzte meine Maschine bald wie gewichste Stiefelschäfte. Der Arbeitstag begann stets mit Putzen, wobei ich den Beschlägen besondere Aufmerksamkeit widmete. Keine der neueren Maschinen einschließlich der XH1 Schnellzuglokomotive hatte so viele Beschläge wie Hulda. Da Hulda nicht auf dem Kanal stand, sondern auf einem verrosteten Abstellgleis, war ich gezwungen, die Reparaturen unter der Maschine auf dem Rücken liegend auszuführen wie ein Autoschlosser. Meine Frau Klara stellte mir für diesen Zweck eines der zerlegenen Unterbetten zur Verfügung, die sie in verschlossenen Reisekörben auf dem Hausboden lagerte, dennoch spürte ich jeden Schotterstein auf meinem Rücken. Zwischen den Schottersteinen blühte Huflattich. Der Lokfriedhof erstreckte sich auf den Ausläufern der Schlackenhalde. Vom nahen Wald hörte ich Spatzen und Amseln, vom Bahnbetriebswerk das quarrende Signal des Drehscheibenwärters, Pfiffe, Befehle, den Zusammenprall von Puffern in verschiedenen Tonlagen, Schienenstöße. Ab und zu schreckten mich Detonationen. Als die letzte Ruine entlang des Rangierbahnhofs gesprengt wurde, war Hulda derart wiederhergestellt, daß ich probeweise Wasser nehmen und Feuer machen konnte. Reservefeuer, ich öffnete das Dampfpfeifenventil oft und lange. Bis ein Vertreter der Lokleitung Hulda bestieg. Auf der Seite, wo der Führerstand war. Ich machte den Vertreter auf sein unschönes Verhalten aufmerksam und trug Beschwerden vor: Erstens, wie lange gedachte man die unter Dampf stehende Hulda noch eingekeilt zwischen den Kriegs- und Alterswracks warten zu lassen, zweitens, wo blieben Tender und Wohnwagen, drittens, wie sollte die Betriebsleitung verantworten, unter den derzeitigen Umständen jemanden ohne Materialwagen auf Weltreisen zu schicken. Ich überzeugte den Vertreter, daß ich dringend Platz für Probefahrten benötigte, Minimalforderung: sechzig Meter Schienen. Der Vertreter versprach, die Forderungen der Betriebsleitung zu übermitteln. Die Betriebsleitung schickte mir bald Tender, Wohnwagen und einen Brief, der mir einen Materialwagen zusicherte, wenn ich die Reise am ersten Juli anträte. Ich verpflichtete mich in einem in freundlichen Worten gehaltenen Antwortbrief, die Reise bereits vor dem angegebenen Termin anzutreten. Mittlerweile war die Verbitterung über meine Zielstrebigkeit einer gewissen Neugier gewichen, von der auch andere Betriebsangehörige befallen wurden. Auf dem Lokfriedhof stellten sich Besucher ein. Zuerst beobachteten sie aus voller Deckung, später standen sie frei herum, jedoch in einiger Entfernung, dann umschlichen sie Hulda, betasteten verschiedene Teile, räsonierten. Schließlich schleppten sie heran, wovon sie vermuteten, ich könnte es gebrauchen. Ich rüstete meinen Zug mit auswechselbaren Tiefladerchassis und Spezialpontons aus. Kurz vor Reisebeginn räumte ich alle noch im Keller verbliebenen Werte in den mir zur Verfügung gestellten Materialwagen, wodurch die für den zweiachsigen Wagentyp zulässige Höchstbelastung, besonders wegen der reichlichen Ersatzteillieferungen der Schlosserlehrlinge, etwas überschritten wurde. Der Wohnwagen war mit zwei doppelstöckigen Betten aus meinen Bodenbeständen, Klapptisch, drei Schemeln, Kanonenofen, Kleiderhaken und einem Gazeschrank zur Unterbringung von Proviant möbliert. Hinter einem Verschlag stand eine gefüllte Kartoffelhorde. Den Abtritt hatte ich im angebauten Bremserhäuschen installiert. Der Tender, ein uraltes preußisches Modell, faßte nur zehn Kubikmeter Wasser und drei Tonnen Kohle, nicht viel mehr als Hulda. Nach Heizern suchte ich lange und heuerte schließlich einen Rente beziehenden Fleischergesellen und einen gelernten Bäcker gleichen Alters an. Unter Anteilnahme der gesamten nicht diensttuenden Belegschaft des Bahnbetriebswerks hob ein Hilfszug Maschine, Tender und Wagen von den Achsen auf die umgebauten Tiefladerchassis. Zum Abschied sang der Eisenbahnergesangverein vierstimmig „Ist denn kein Stuhl da, Stuhl da, Stuhl da, für meine Hulda rampam". Dann gab ich Zp 1, drückte den Regler nach links, und der Zug rollte langsam aus dem Lokfriedhof, die Schlackenhalde hinunter, über die Felder geradewegs in den Wald hinein.

Jenseits des Waldes erreichten wir eine Chaussee, später die Autobahn, auf Straßen verschiedener Ordnung fuhren wir so schnell, wie der Zweikuppler gestattete. Hulda war nämlich ein Zweikuppler. Ohne nennenswerte Reparaturen erreichten wir den Golf von Siam. Wir hielten in einer idyllischen Bucht und beobachteten die Spiele der Katzen. Sie schwammen Kopf an Kopf, Katzenköpfe, so weit das Auge reichte, wodurch der Eindruck entstand, als hätte der Golf ein schwarzbraunes Fell. Wir genossen das Schauspiel bis Mittag. Dann trug Eugen gepfefferte Kartoffelsuppe auf, wir leerten den Topf, Alois säuberte ihn mit Meerwasser und Sand, und wir setzten unsere Fahrt fort. Sieben Tage später, als wir ein fruchtbares Tal durchfuhren, in dem der Achtungspfiff meiner Maschine Hulda hallte und widerhallte, verfinsterte sich plötzlich der Himmel, eine schwarzbraune Wolke trieb heran und entlud sich mit schrecklichem Getöse über dem Tal. Eugen fluchte, Alois betete. Ich hielt unser Ende für gekommen und schloß die Fensterläden des Wohnwagens. Drei Katzen durchschlugen das Wohnwagendach. Als das Unwetter vorüber war und wir mit zitternden Händen die Fensterläden wieder öffneten, sahen unsere ungläubigen Augen, daß die Maschine Hulda mit Beulen davongekommen war. Das Dach des Materialwagens lag in Trümmern. Die umliegenden Zitrusplantagen waren verwüstet. Auf den bewässerten Reisfeldern schwammen Siamkatzen Kopf an Kopf, wodurch der Eindruck entstand, als hätte die Talsohle ein schwarzbraunes Fell. Ahnungsvoll legte Eugen sofort ein großes Feuer unter dem Kessel. Als wir genügend Dampf zur Abfahrt hatten, waren unsere Wurst- und Fleischvorräte jedoch von den Katzen längst aufgefressen und die Ordnung der gespeicherten Werte im Materialwagen von Tausenden von Klauen zunichte gemacht. Wir brauchten bei Abfahrt mehr Dampf als für einen Schwerlastzug, sobald die Katzen jedoch nichts Freßbares mehr fanden, sprangen sie ab, erleichtert traten wir die Heimreise an. Eugen zog den drei Katzen, die das Wagendach durchschlagen hatten, die Felle ab, wir trockneten sie, sammelten unterwegs, außerhalb vom Einflußbereich des siamesischen Monsuns, noch andere Werte und kehrten notdürftig repariert und reich beladen in die Heimat zurück. Ich trug die Werte in meinen Keller, ordnete sie von Zeit zu Zeit neu, reparierte Schlösser in und außer Haus, besuchte die Veranstaltung des Veteranenklubs, hörte Weltnachrichten, freute mich meiner Familie und vergaß, was ich in der Fremde an Mühsal und Beschwerden erduldet hatte. Jeden Sonnabend aß ich gewürzte Kartoffelsuppe und trank Korn. Und mein Reichtum erlaubte, daß dieser Zustand dauerte. Das ist die Geschichte meiner ersten Reise*, und morgen, Bruder, will ich dir den Bericht über die zweite meiner sieben Reisen geben.

* Da mir der angeforderte Kommentar Mühen bereitete, denen ich abgeneigt bin, sofern sie Wissenschaft nicht befassen, wählte ich den bequemeren Weg und befragte den Großvater. Der antwortete natürlich nicht, versprach aber erstaunlicherweise alle Reiseberichte schriftlich. Er kaufte auch gleich reichlich Papier und Tinte und eine spitze Feder für seine spitze Schrift. Noch als er diese Utensilien auf dem Küchentisch ordnete, war er überzeugt, das Unternehmen bis zum Mittagessen erledigen zu können. Als er jedoch vor dem nackten Papier saß, schien sein Gehirn erstorben. Der weiße Bogen blendete die Augen. Handschweiß feuchtete den Federhalter. Die benetzte Feder zitterte über der Leere, mal hier, mal da, als ein Klecks fiel, erkannte der Großvater den Mangel. Er stopfte den verdorbenen Bogen in die Herdfeuerung und fügte einem neuen die fehlenden Zeilen mit Bleistift und Lineal zu. Von Ordnung ermuntert, begab er sich erneut ans Werk. Sie beflügelte ihn auch, wiewohl in unvorhergesehener Weise. Denn er erkannte, daß Schreiben eine ernsthafte Sache ist, unvergleichbar mit Spaß oder Gerede. Und er schöpfte aus den Quellen seines Lebens und Lexikons sieben Traktate und schrieb sie auf bei Tageslicht. In deutscher Schrift, dünne Aufstriche, die Abstriche bisweilen so kräftig, daß die Feder schnabelte. Nach Wochen angestrengter Arbeit vermachte mir Großvater Gustav die Dokumente zur Beherzigung und testamentarisch. Das erste Dokument handelt von Ordnung und hat folgenden Wortlaut: „Ordnung ist nicht das halbe Leben, sondern das ganze. Sie macht den Menschen zum Menschen. Keine Sprache ohne Ordnungssinn, keine Wissenschaft, kein Lexikon. Denken heißt ordnen. Unordnung im Körper ist Krebs. Unordnung im Kopf desgleichen. Diese Krankheit kann bis jetzt nur chirurgisch geheilt werden. Wer in seiner Wohnung oft auf- beziehungsweise umräumt, hat mehr vom Leben. Boden und Keller gehören zur Wohnung. Die Anarchie der Rede erhöht den Reiz des ordnungsgemäß geschriebenen Worts. Was geschrieben steht, gilt."

Also sprach Gustav der Weltfahrer. Dann schenkte er dem Schrofelfahrer ein Siamkatzenfell, zog sein Hemd aus der Hose, zeigte, wie das Fell auf die Nieren zu legen wäre, und wünschte ein gesundes Wiedersehen. Gustav der Schrofelfahrer dankte, klemmte das Geschenk unter den linken Oberarm und ging zurück zu seinem Wagen, um den sich die Arbeiter bereits versammelt hatten. Die Arbeiter schlugen die ledernen Innenseiten ihrer großen Fausthandschuhe gegeneinander und begaben sich zu den Trittbrettern am Heck des Wagens. Gustav bestieg die nach Benzin und Lederol riechende heiße Kabine und fuhr in die nächste Straße. Dort hielt er vor jedem Haus, wartete, bis die Arbeiter die Mülltonnen entleert hatten, und gedachte beim Lärm der Transportmechanik dessen, was er vernommen hatte. Er verbrachte den Abend auf seiner Frau und eine schlaflose Nacht. Am anderen Morgen aß er Käse und Pumpernickel, stritt sich mit einem Straßenbahnfahrer und bestieg vorzeitig die Kabine seines auf dem weiträumigen Hof der städtischen Müllabfuhr parkenden Wagens. In verkehrsarmen Augenblicken fuhr er im ersten Gang über die weichen Asphaltstraßen der schwitzenden Stadt und sprach. Während der Mittagspause begab er sich zur verabredeten Zeit eiligen Schritts zum Wohnsitz Gustavs des Weltfahrers, der ihn in seinem kühlen Keller brüderlich empfing. Der Keller war erleuchtet von einer Petroleumlampe, deren Messingblechreflektor ein bronziertes Notenpult spiegelte. Die Pultauflage war mit Zahnrädern verschiedener Größen beschwert, Gustav der Weltfahrer drehte den Docht etwas weiter aus dem Brenner, die Flamme begann zu blaken, schwarzer Rauch stieg aus dem Lampenschirm und wurde von Atemstößen Gustavs des Schrofelfahrers nach dem Regal abgedrängt, das über der Hobelbank angebracht war. Darauf standen Gegenstände aus Holz nach Holzarten geordnet, von links nach rechts: Fichte, Buche, Birnbaum, Esche, Mahagoni. Gustav der Weltfahrer bezeichnete ein aus Mahagoni gefertigtes Ruderpinnenstück als Abschiedsgeschenk eines arbeitslosen Schiffsheizers, der die Maschine Hulda in Marseille drei Nächte für freie Kost und Logis gefeuert hätte, derweil die Hilfsheizer Eugen und Alois Sonnenstiche kurierten. Urlaub hätte die Hulda-Besatzung in Bulgarien, Albanien, Rumänien, Jugoslawien, der Russischen Föderativen Sowjetrepublik, der Tschechoslowakei und Polen gemacht. Da sagte der Gast, was er sich in verkehrsarmen Augenblicken eingeübt hatte. Nämlich: Der Gastgeber sollte seine Lügen anderen Leuten aufbinden, und einen Schrofelfahrer könnte er nicht für dumm verkaufen, und er hätte sofort gemerkt, daß alles erstunken und erlogen gewesen wäre, und er wäre nur gekommen, um diese Meinung zu sagen, Mahlzeit. Gustav der Weltfahrer klopfte mit einem Schienenstück dreimal an ein Abflußrohr. Kurz darauf erschien Klara, einen Henkelkorb am Arm. Im Korb stand in Holzwolle gebettet der eiserne schwarze Topf. Gustav der Weltfahrer bedeckte die Hobelbank mit einem Zeitungsbogen, der kyrillisch bedruckt war, und hob den hohen, schwach bauchigen Topf an seinen halbschalenförmigen Henkeln drauf. Als Klara Appetit gewünscht und sich empfohlen hatte, lüftete Gustav der Weltfahrer den Topfdeckel. Estragonduft erfüllte sogleich das Gewölbe. Kartoffelstücke, die aus dem Suppenspiegel ragten, warfen bewegliche Schatten. Der Weltfahrer rollte drei Funken aus dem linken Auge, schöpfte zwei emaillierte Schüsseln voll und nahm Platz auf einer Gemüsestiege. Der Schrofelfahrer setzte sich fluchend auf den Hackklotz. Als die beiden Männer den großen schwarzen Topf geleert hatten und gesättigt waren und heiter, öffnete der Gastgeber den obersten Knopf seiner Hose und erzählte mit ähnlichen Worten

Die zweite Reise
Gustavs des Weltfahrers

Wodurch dem Schrofelfahrer eine von wüsten Zu-
ständen geschlagne asiatische Gegend schrill zu Ge-
hör kam, die er unwillkürlich einer Sammlung zu-
ordnete, von der ihm nichts bewußt war.

Wie ich dir gestern erzählte, lebte ich in Freude ein
behagliches, genußreiches Leben. Bis ich mich eines
Tages meines Vaters, des weitgereisten Rastelbinders
Ferdinand, erinnerte und mein Geist von dem Gedanken besessen wurde, wieder umherzureisen in der
Welt der Menschen und ihre Städte und Dörfer zu
sehen. Als ich zu einem Entschluß gekommen war,
lud ich meinen Tragkorb mit Werten, schleppte ihn
zum Lokfriedhof und überholte die Maschine Hulda,
Tender, Wohn- und Materialwagen. Dreizehn Tage
dengelte ich Beulen aus dem Kessel der Maschine.
Die Wagendächer deckte ich neu. Kratzspuren an den
Wagenwänden überstrich ich mit Ölfarbe. Dann
ließ ich die Gardinen des Wohnwagens von Klara
waschen, füllte Kartoffelhorde und Gazeschrank und
erneuerte die Heuer für den Bäcker Alois und den

Fleischer Eugen. Wohl bemannt und gerüstet verließ mein Zug eines sonnigen Tages den Lokfriedhof. Die entbehrungsreiche Fahrt führte uns wochenlang durch Fichtenwälder, Mischwälder und Urwälder, die breitreifigen Räder der Tiefladerchassis holperten über die Baumwurzeln, manchmal schwappte das Wasser hörbar im Kasten. Ich fuhr höchstens sechzehn Kilometer in der Stunde, meine Heizer, die sich aller acht Stunden ablösten, hatten ständig eine Hand auf dem Bügel der Wurfhebelbremse, sofern sie nicht feuerten. Kreuzten wir eine Straße, eine Schneise oder einen Pfad, öffnete ich den Hahn des Läutewerks, der rechts neben dem Injektorventil auf dem Kessel angebracht war. Der Kessel von Hulda reichte mir bis zur Mitte meines Vorhemds. Auf meinen Reisen trug ich nur weiße Vorhemden und schwarze Schlipse. Wenn wir hielten, um Wasser zu nehmen, lockerte ich den Schlips und öffnete den Kragenknopf. Wir hielten überall nur kurz, da die Erdoberfläche 510100933,5 Quadratkilometer hat und wir drei bereits über fünfundsechzig Jahre alt waren. Eines Tages hielten wir vor einem Dorfteich. Eugen und Alois füllten die Eimer, ich sah mir inzwischen die Häuser an. Denen fehlte die Deckung. Ich sah hierhin, ich sah dahin: Die meisten Häuser des Dorfes hatten nur Dachgerüste. Die oberen Stockwerke der abgedeckten Häuser waren unbewohnt, die Gegend schien niederschlagsreich zu sein. Die Niederschläge fielen wahrscheinlich in Gewittern, mit Sturm, ich vermutete, daß die Dächer von einem Sturm abgedeckt worden waren. Froh über die glückliche Fügung, die meinen Zug bislang von derartigen Fährnissen verschont hatte, begab ich mich zurück zu Hulda und machte mich unverzüglich daran, das Führerhausdach und die neu gedeckten Dächer der Waggons mit Stahlseilen zu umstricken. In der Art, wie mein Vater mit Draht tönerne Töpfe und Pfannen einstrickte, um ihre Haltbarkeit zu vergrößern. Ich kniete etwa eine halbe Stunde auf den Dächern, Arbeiten, die Präzision erfordern, führe ich selbst aus. Dann stand ich auf und sah mich abermals um. Ein Dorf wie gesagt. Aber ein merkwürdiges Dorf. Die Felder, die sich hinter den Gehöften dehnten, waren unkrautbewachsen. Obgleich die Sonne weder zu hoch noch zu niedrig stand, war kein Bauer bei der Feldarbeit. Ich sah auch keine Bauern auf der Straße, ich sah nur Greise, Greisinnen und Kinder. Neben den aus Lehm und Holz gefertigten Gebäuden, die sich beiderseits der Straße reihten – das Dorf hatte nur eine Straße –, erhoben sich hier und da ein- bis dreistöckige Ziegelhäuser, außerdem zwei Hochhäuser, ebenfalls mit roten Ziegeln aufgeführt und unverputzt. Die Biberschwanzdächer der Ziegelhäuser waren im Gegensatz zu den Dächern der fachwerkartigen Gebäude unversehrt. Ich kletterte vom Führerhausdach herunter, um mich von der ordnungsgemäßen Ausführung des Wassernehmens zu überzeugen. Den primitiven Verhältnissen entsprechend, die man zuweilen auf Weltreisen antrifft, hatte ich für den Wassertrichter ein Zusatzgerät entwickelt. Die altertümliche Beschaffenheit von Hulda erforderte nämlich, daß zum Zwecke des Wassernehmens ein Trichter auf die Öffnung des unter dem Kessel angebrachten Wasserkastens gesetzt werden mußte, und für diesen Trichter hatte ich, um Verunreinigungen des Kastens zu verhindern, ein Sieb konstruiert. Das Sieb war auch beim Füllen des Tenders verwendbar. Aber meine Heizer vergaßen gelegentlich, das Sieb aufzulegen – man kann sich wegen des Arbeitskräftemangels seine Leute nicht mehr aussuchen. Diesmal hatten sie es nicht vergessen, gottlob, der Dorfteich lag voll Entengrütze. Am Ufer des etwa hundertzehn Quadratmeter großen Teiches standen die beiden Hochhäuser. Da ich Hunger verspürte, Alois jedoch verabsäumt hatte, rechtzeitig zu backen, so daß nur warmes Brot im Gazeschrank lag, das mir regelmäßig Magenschmerzen macht, überquerte ich den Teich mit einem Nachen und fragte den Pförtner des rechten Hochhauses nach dem nächsten Bäcker. Wie sich herausstellte, handelte es sich bei dem befragten Greis jedoch nicht um einen Pförtner, sondern um einen Pedell, der Alte machte mich darauf aufmerksam, daß ich mich in den Mauern einer Alma mater befände, über Bäckerläden erteilte er keine Auskünfte. Ich wandte mich also an den Pförtner des linken Hochhauses. Der legte die rechte Hand an die Uniformmütze und beschrieb mir in einer Fremdsprache umständlich die Lage des Ladens, ich sah ihm dabei auf den Mund, wer viel reist, bekommt einen Blick für Sprachen. In Asien zum Beispiel gibt es neunzehn verschiedene Sprachgruppen: indoeuropäische Spra-

chen, semitische Sprachen, uralische Sprachen, Turk-
sprachen, mongolische Sprachen, tungusomandschu-
rische Sprachen, Koreanisch, Japanisch, Ainu-Spra-
chen, paläoasiatische Sprachen, Ketisch, Eskimo-
Sprachen, sinotibetanische Sprachen, austroasiatische
Sprachen, austronesische Sprachen, drawidische Sprachen, Andamanisch, Sprache der Buruschasken, kau-
kasische Sprachen, der uniformierte Greis sprach
keine asiatische Sprache, sondern Karatisch. Er versicherte mir auf karatisch, daß der betreffende Bäcker
gute Ware führte, es gäbe zwei Bäcker im Dorf, einer
hätte geschlossen, das Gefängnis kaufte in der Konditorei neben dem Spritzenhaus. Der Hunger trieb mich
in die Konditorei neben dem Spritzenhaus. Ich hatte
Appetit auf Kartoffelkuchen. In der Kühltruhe der
Konditorei lagen jedoch nur Brote. Drei Brote. Die
Verkäuferin behauptete, die drei rechteckigen, braunen, auf der Oberseite mit Längsrillen versehenen
Platten wären Brote. Die Regale des Ladens waren
leer. Durch diesen Umstand den Mühen des Wählens
enthoben, verlangte ich ein sogenanntes Brot. Die
Verkäuferin rief einen Mann herbei, den ersten
Mann, den ich in diesem Dorf zu Gesicht bekam,
ich nehme an, es war der Besitzer des Ladens, oder
der Pächter, sie schien sich mit ihm zu beraten.
Schließlich fragte sie: „Dafür?" Da mir die Staats-
form des Dorfes unbekannt war, ich jedoch außer dieser noch fünf Weltreisen vorhatte und bereits neun-
undsechzig Jahre alt war, antwortete ich, der Kundschaft der Konditorei eingedenk, vorsorglich mit „ja".

Die Verkäuferin händigte mir das Brot gegen entsprechende Zahlungsmittel aus. Die Zahlungsmittel der jeweiligen Länder erwarb ich mit meiner Hulda. Sie war ein begehrtes Fotomodell. Deshalb konnte ich auf Preis halten. Als Preis für einmal Fotografieren forderte ich den Wert von zwei Mark der Deutschen Notenbank. Einmal Fotografieren mit Lokführer und Heizer kostete drei Mark. Zwanzig Jahre später hätte ich das Vierfache verlangen können. Oder das Achtfache. Oder das Fünfzigfache. Die armen Menschen, denen die Zukunft tagaus, tagein nur Diesel-, dieselelektrische und andere Fahrgeräte zu Gesicht bringen wird, werden Schlange stehen, um ihren Augen den Anblick einer Dampflokomotive zu verschaffen. Die Kinder des besagten Dorfes standen bereits Schlange In Gliedern zwei und zwei. Drei Stunden nach unserem Eintreffen war die Schlange etwa einen halben Kilometer lang. Männer kamen erst gegen Abend, manche mit ihren Frauen, zunächst wollten nur Kinder, bald auch Greise und Greisinnen meinen geländegängigen Dampfzug besichtigen. Während der fünf Tage, die wir in dem merkwürdigen Dorf verbrachten, fanden nicht weniger als zweiundsechzig Führungen statt, die ich nach Entrichtung von sieben Karat pro Person veranstaltete, Kinder zahlten die Hälfte. Dieser enge Kontakt mit der Bevölkerung versetzte mich bereits nach drei Tagen in die Lage, einfache Gespräche in der Landessprache zu führen. Das mag sich unglaubhaft anhören, ist jedoch nicht verwunderlich, wenn man bedenkt, daß mein

Vater als Topfeinstricker von Haus zu Haus gehen und den Leuten nach dem Mund reden mußte, um Aufträge zu bekommen. Dabei entwickelte er mit der Zeit gewisse Fertigkeiten, die er seinen Nachkommen als Sprachtalent vererbte. Den Gesprächen, die ich abends mit der Bevölkerung führte, entnahm ich, daß die Leute zu etwa fünfundachtzig Prozent in der am Osteingang gelegenen Ziegelei beschäftigt waren. Der Bürgermeister des Ortes lud mich zu einer Betriebsbesichtigung ein. Schriftlich. Ich ließ gerade die Maschine putzen und die Wagen abhängen, Kohlen waren bereits aufgelegt, da fuhr ein Auto vor. Wir hätten den halben Kilometer bis zur Ziegelei natürlich auch zu Fuß gehn können, aber im Ausland benutzte ich aus Repräsentationsgründen zu derartigen Anlässen stets meine Hulda. Der Bürgermeister, General Schankuschak, mißbrauchte jedoch meinen Respekt vor seiner Gastfreundschaft und nötigte mich in einen Jeep. Der hatte eine grünfleckige Karosserie, war schwach gefedert und roch nach Benzin. Feierliche Anlässe verlangen Schwarz. Meine Hulda glänzte wie ein Lackschuh. Ich trug einen Seidenschlips. Der Jeep rumpelte. Kein Spalier. Den Blumenstrauß, den mir eine junge Frau beim Betreten des Fabrikspeisesaals überreichte, warf ich sofort in die Menge. Die erwartete mich bereits, eine riesige Menge, ein riesiger Saal, die Ziegelei beschäftigte etwa eintausenddreihundert Arbeitskräfte. Der Werkdirektor sprach in seiner Begrüßungsrede über die Geschichte des Werkes und seine gegenwärtigen und künftigen Aufgaben. Bei einem Rundgang erläuterte mir der Chefingenieur die Technologie des Werkes. In seiner Begleitung befand sich neben dem Werkdirektor und dem General ein Vertreter der Organisation. Ich interessierte mich besonders für die Produktionshallen. In sieben Hallen wurden die Dachziegel auf Strangpressen geformt, mit denen nur Seitenfalze gebildet werden können, in sechs anderen wurden die Ziegel einzeln auf entsprechend geformten Blechen gepreßt. Gebrannt wurden sie in Ring- und Zickzacköfen, der weitaus größte Teil der Betriebsgebäude waren Lagerhallen. Beim Betreten der Hallen gewährte man dem Vertreter der Organisation den Vortritt. Er wurde von einem Begleiter gestützt. Ich hatte meine Heizer auf der Maschine zurücklassen müssen. Sie blies in Abständen von zehn bis zwölf Minuten Dampf ab. Dieses Geräusch schmerzt meinen Ohren. In den Lagerhallen mußte ich mir das Produktionssortiment ansehen: Biberschwänze, Pfannen, Doppelfalzziegel, Reformpfannen, Strangfalzziegel, Falzkremper. Viele ausländische Kunden bevorzugten gegenwärtig noch den Doppelfalzziegel, sagte der Werkdirektor, der Biberschwanz wäre jedoch wieder stark im Kommen, Rüstungsfachleute behaupteten sogar, daß dieser Ziegelform die Zukunft gehörte, der Werkdirektor neigte sich dem Vertreter der Organisation zu. Der schwankte, sein Begleiter, ebenfalls jung, hatte Mühe, ihn aufrecht zu halten. Keiner schien von der Tatsache, daß in unmittelbarer Nähe Kohlenkraft durch ein Sicherheitsventil in die Luft geblasen wurde, Notiz zu nehmen. Meine Ohren schmerzten heftig. Meine Beine ebenfalls: Das Werkgelände war größer als das Dorf. Um die Exportaufträge erfüllen zu können, würden im nächsten Quartal die restlichen Felder dem Gelände des Rüstungswerkes angegliedert, sagte der Werkdirektor. Auf diesen Ländereien würden Tongruben angelegt, kein Bauer hätte noch vor fünf Jahren geahnt, welche Reichtümer unter seinem Acker schlummerten, vielleicht müßten auch Häuser, eventuell sogar das ganze Dorf weichen, um den noch immer steigenden Bedarf zu decken. Offenbar litt die Produktion unter Materialmangel, einige Gruben schienen bald erschöpft zu sein, vielleicht waren auch schon welche stillgelegt, man sprach nicht darüber, aber aus verschiedenen Andeutungen des Werkdirektors, den der General als seinen Kriegsminister bezeichnete, schloß ich, daß neben Wüstensteppen und Sandwüsten in absehbarer Zeit auch Tonwüsten die Oberflächengestalt der Erde bestimmen sollten. Zur Zeit unseres Besuches bestimmte der Kriegsminister über das Territorium des Dorfes. Der Dorfstaat wurde nur von Menschen und Onagern bewohnt. Die Kinder tranken Büchsenmilch. Auch Schweine, Hühner und Wanzen gab es nicht, nur sieben Onager und 2123 Menschen. Davon waren 1300 oder fünfundachtzig Prozent der arbeitenden Bevölkerung in der Ziegelei und die restlichen fünfzehn Prozent entweder direkt in der Organisation oder an der Universität oder im Strafvollzug beschäftigt. An der Universität und am Spritzenhaus klebten Plakate, darauf stand zu lesen, daß Ziegeleiarbeiter gesucht würden, Akkordlohn, Weihnachtsgeld, Altersversorgung. Zum Abschluß überreichte mir der Kriegsminister zur Erinnerung einen Biberschwanzdachziegel und eine Urkunde. Dann gab der Vertreter der Organisation in der Sporthalle ein Essen. Durch seinen Begleiter ließ er mich fragen, ob ich dafür wäre. Da ich den Dorfstaat gern lebend wieder verlassen wollte, bereits über vier Stunden auf den Beinen war und vorher nur sogenanntes Brot gegessen hatte, antwortete ich „ja". Die Tische waren reich gedeckt: italienischer Salat, französischer Käse, australisches Kraftfleisch, spanische Apfelsinen, chinesische Ananas, belgische Butter, englisches Bier, amerikanischer Whisky und sieben Brote. Auf jedem dritten Tisch ein sogenanntes Brot. Als ich die Sporthalle betrat. Als wir uns zu Tisch begaben, waren die Brote verschwunden. In Taschen, verriet mir der Chefingenieur, die Betriebsangehörigen brächten zu derartigen Empfängen Taschen mit, in die sie Brote verschwinden ließen. Die Bäckerei neben dem Spritzenhaus hätte die Brote gebacken, aus kanadischem Weizen. Der Vertreter der Organisation gab seinem Begleiter einen Wink. Der Begleiter nahm ihm den Hut ab. Unter dem Hut lag ein flaches, rechteckiges, auf der Oberseite mit Längsrillen, auf der Unterseite mit einem Falz versehenes Brot. Es lag quer auf dem Schädel auf. Der Vertreter der Organisation nahm es vom Kopf, dankte, brach's, gab's den Ehrengästen, die an meinem Tisch saßen, und sprach: „Sind Sie dafür?" Alle beeilten sich, sogleich mit „ja" zu antworten, obwohl die Frage offenbar an mich gerichtet war. Ich nickte. Der Vertreter der Organisation senkte den Kopf. Die Ehrengäste begannen zu essen: italienischen Salat, französischen Käse, australisches Kraftfleisch, spanische Apfelsinen, chinesische Ananas und belgische Butter. Ich durchsuchte meinen Kopf nach brauchbaren Fluchtideen. Um die Gastgeber nicht mißtrauisch zu machen, beschmierte ich dabei das mir zugeteilte Brotstück mit belgischer Butter und biß hinein. Und verlor Zähne. Meine Nachbarn lobten die Härte des Gebäcks. Niemand führte es zum Mund. Ich steckte die beiden Zahnkronen in die Westentasche. Der Vertreter der Organisation brachte einen Toast auf meine Gesundheit aus, er lallte wie immer, sein Kopf, der zylindrisch war und von gleichem Durchmesser wie der Hals, zitterte. Ich trank ein Glas amerikanischen Whisky ex auf die Gesundheit der Erde, Korn gab es nicht. Der Vertreter der Organisation beugte sich lauernd über seinen Teller, die Narben auf der Kreisfläche seines zylindrischen Kopfes färbten sich blaurot bis violett. Gegen siebzehn Uhr sechsunddreißig hatte die Stimmung einen derart bedrohlichen Höhepunkt erreicht, daß ich mich gezwungen sah, etwas über die Vorzüge des Dorfstaates zu äußern. Ich erzählte die Geschichte vom Brotkauf und lobte den guten Geschmack des Gebäcks. Der Gastgeber räusperte sich. Ich pries die Bekömmlichkeit der Ware. Der Gastgeber kratzte sich die zernarbte Kopfplatte. Ich lobpries den mürben Charakter des Backwerks.

Der Gastgeber ließ sich von seinem Begleiter aufspringen und hinausführen. Die übrigen Tischgäste starrten betreten auf die Stücke des Brotes, das der Vertreter der Organisation mit dem Handkanten gebrochen hatte. Ich starrte auf meine Uhr. General Schankuschak sprach ein Schlußwort über die Sportbegeisterung, die von den Versammelten erneut und tatkräftig unter Beweis gestellt worden wäre, und schloß den Empfang. Am Werktor mußten sich alle Geladenen einer Leibesvisitation unterziehen. In meinen Rock-, Hosen- und Westentaschen fand man ein Taschentuch, eine Lokführeruhr, zwei Röllchen Kautabak, zwei Zahnkronen, einhundertsechzehn Karat, etwas Putzwolle, den Personalausweis, einen Vierkantschlüssel und einen Dachziegel. Ich konnte alles behalten bis auf den Dachziegel. Der Kriegsminister versicherte dem Werkpolizisten, daß sich eine Urkunde in meinem Besitz befände, auf der das Mitführen eines Dachziegels behördlich genehmigt wäre. Der Polizist ließ sich nicht mit Versicherungen abspeisen, er wollte die Urkunde sehen. Nach langem Suchen fanden wir sie endlich im Futter meines Uniformrocks, wohinein sie auf Grund eines Lochs in der Tasche geraten sein mußte, anders konnte ich dem mißtrauischen Polizisten den Umstand nicht erklären. Nach längeren Verhandlungen, die der Kriegsminister für mich abwickelte, wurde mir das Mitführen eines Biberschwanzdachziegels außerhalb des Werkgeländes zum Zwecke der Wehrertüchtigung zugestanden. Die biberschwanzförmig gebackenen Brote, die ver-

schiedene Betriebsangehörige von den Tischen gestohlen hatten, durften sie behalten. General Schankuschak verabschiedete die Täter mit Handschlag.
Mich bestellte er zum Abend ins Gefängnis. Ich versprach zu kommen und beschloß zu fliehen. Als ich
meine Hulda erreichte, eröffnete mir Eugen, daß die
linke Treibstange der Maschine einen Riß hätte. Ich
besah den Schaden, stellte Stangenbruch fest und begann unverzüglich mit dem Ausbau des Gestänges.
Obgleich ich im Materialwagen Ersatzstangen mitführte, war die Reparatur trotz Aufbietung aller Kräfte
bis zum Abend mit zwei Hilfsheizern, die jeweils über
zwei linke Hände verfügten, nicht zu erledigen. Ich
schwor, nie wieder die Welt bereisen zu wollen, empfahl Gott meine Seele mit der Bitte um eine Mindest-
strafe und machte mich zur vereinbarten Zeit auf den
Weg. Die Heizer bewunderten meinen Mut. Angst
trieb mich durch den lauen Sommerabend. Licht hinter den Fenstern, Korso auf der Straße. Musik aus
Tonsäulen, sie säumten die Straße wie Chaussee-
bäume. Ich setzte über den mit Entengrütze bewach-
senen Dorfteich, wenn der Nachenverleiher nicht be-
stechlich gewesen wäre, hätte ich mich zum erstenmal
in meinem Leben verspätet. Auch am jenseitigen Ufer
stauten sich Menschenmassen. Das schlimmste Ge-
dränge herrschte am Gefängnistor. Obgleich ich keine
Eintrittskarte vorweisen konnte, ließ mich die Wache
passieren: Sie hatte mich wiedererkannt. Auch von
Greisen und Kindern wurde ich gegrüßt. Ich trieb in
der Menge durch drahtbedeckte Korridore, über Trep-

pen, an Hunderten von Türen vorbei bis in die festlich geschmückte Arena. Sie gehörte zu den Universitätsgebäuden. Der Rektor der Alma mater geleitete mich zu meinem Platz. Dann stimmte er ein Lied an. Die Dorfstaatbevölkerung, die auf den goldverzierten Rängen Platz genommen hatte, sang drei Strophen. Kleinkinder, die nicht mitsingen konnten, schrien mit. 2 123 Stimmen hallten im fünfrängigen Rundbau, einem Werk des Doktors der karatischen Wissenschaften Mike Tylor. Der Vertreter der Organisation, den ich bereits kennengelernt hatte, trat ans Mikrophon, vielleicht war es auch ein anderer, alle Mitglieder der Organisation hatten die gleiche Kopfform und einen Begleiter. Der Vertreter schlug mit seinem kegelförmigen Kopf an das Mikrophon, die ausgezeichnete Tonwiedergabe zwang mich zu der Annahme, daß es sich um ein dynamisches oder ein Kondensatormikrophon gehandelt haben muß. Der Rektor dankte und nahm das Wort. Nach einem Referat seiner Magnifizenz über die wehrsportliche Lage und die Aufgaben und Perspektiven des Karatismus sowie einigen Reden, die die Ausführungen des Vertreters der Organisation bekräftigten, erhoben sich die Zuschauer von den Plätzen. Die Kapelle intonierte einen Tusch. Von Blasmusik und dem tosenden Beifall der Menge begleitet, marschierten die Kämpfer und Kämpferinnen in die Arena ein und nahmen vor der Ehrenloge Aufstellung. Sie war ausschließlich von Mitgliedern der Organisation besetzt. Die Kämpfer und Kämpferinnen neigten ihre kegelförmigen Köpfe. Ein Tagesfeuerwerk wurde abgebrannt. Als die ersten an Fallschirmen befestigten Fähnchen sanft in das weite Rund des dachlosen Gebäudes schwebten, wurden die Wettkampfgeräte in die Arena gefahren. Auf goldverzierten Wagen, die von Onagern gezogen wurden. Die goldverzierten Wagen waren mit Pfannen, Doppelfalzziegeln, Reformpfannen, Strangfalzziegeln, Falzkrempern, Biberschwänzen und Broten beladen. Als die Kämpfer und Kämpferinnen, von Marschmusik begleitet, die Arena wieder verlassen hatten, ertönte ein Gong. Das Licht auf den Rängen erlosch. Die Menge verstummte. Scheinwerfer tauchten die Manege in gelbes Licht. Die Kämpfe begannen. Ein Student der karatischen Wissenschaften von der philosophischen Fakultät, Fachrichtung Jura, der mir für den Abend als Betreuer beigegeben war, kommentierte die Kämpfe, ich war der einzige in der Arena, der, ohne im Besitz eines kegelförmigen Kopfes zu sein, über einen Betreuer verfügte. Die Kämpfe wurden in allen Gewichtsklassen ausgetragen. Wie bei Box-, Gewichthebe- und Ringwettkämpfen wurden auch diese von den niedrigen Gewichtsklassen eröffnet. Der erste Kämpfer, ein kleiner, sehniger Mann jugendlichen Alters, schichtete elf Pfannen übereinander. Der zweite zwölf. Der dritte zehn, die Anzahl der aufgeschichteten Ziegel war unwichtig, gezählt wurden nur die gebrochenen Ziegel. Die höheren Gewichtsklassen, die Doppelfalzziegel, Reformfalzziegel, Strangfalzziegel und Falzkremper benutzten, brachen etwa die gleiche

Ziegelmenge, da die Festigkeit des Materials sich proportional zur Gewichtsklasse steigerte. Dem Schiedsrichterkollegium, das festzustellen hatte, ob ein Ziegel gebrochen war oder nicht, gehörten nur Mitglieder der Organisation an. Alle Kämpfer würden nach ihrer Emeritierung Mitglieder der Organisation und erwürben damit Betreuer, Pension, Ziegelvilla und hohes Ansehen, erzählte der Student. Die ehemaligen Aktiven stünden in noch höherem Ansehen als die Aktiven, die Fachwerkhäuser bewohnten. Gedeckte. Mangel litte lediglich die übrige Bevölkerung. Wenn man die Folgen gesteigerten Konsums überhaupt als Mangel bezeichnen könnte. Denn das Dorf verbrauchte die vier- bis fünffache Ziegelmenge im Vergleich zu anderen Orten, die die Organisation förderten, und läge um 675 Prozent über dem Weltdurchschnittsverbrauch. Wenn die oberen Stockwerke von Häusern unbewohnbar geworden wären, so wäre das nicht die Auswirkung von Warenmangel, sondern von Enthusiasmus. Wer fähig wäre, sich um der Gesundheit willen das Dach über dem Kopf abzudecken, dem könnte eine nasse Wohnung nichts anhaben. Alle Lebens- und Genußmittel sowie alle Gebrauchsgüter, Dachziegel ausgenommen, müßten importiert werden. Deshalb würde jede Arbeitskraft gebraucht. Nur aktive Kämpfer wären arbeitsbefreit, ehemalige Aktive selbstverständlich auch, die aktive Ausübung der Sportart führte nach etwa zwei Jahren zu Invalidität. Sobald ein Kämpfer den gezielten Schlag ausgeführt hatte, brandete Beifall auf, die Phonstärke wuchs mit der Bruchmenge. Erschüttert von dem Schauspiel, das nach Aussage des Studenten jeden Sonntag in der Universitätsarena stattfand und als eine Art Volksfest gefeiert wurde, sah ich mich außerstande, dem Vorbild der Zuschauermenge zu folgen und in regelmäßigen Abständen die Handflächen aufeinanderzuschlagen. Der Student hielt ein Programmheft über meine Hände, um mein gesetzlich belangbares Vergehen zu decken, nach Abschluß seiner Studien beabsichtigte er im Strafvollzug zu arbeiten. Ohne seine Hilfe wären mir Sinn und Ziel der Sportart* verschlossen geblieben. Die Kämpfer visierten das Ziel zwei-, dreimal an, bevor sie den Schlag ausführten. Auch den Frauen, die Biberschwanzziegel benutzten, fehlte das Haar auf den Kreisflächen ihrer kegelförmigen Köpfe. Die Kinder dagegen, deren Vorführungen Höhepunkt und Abschluß der Veranstaltung waren, hatten überwiegend noch gewöhnliche Köpfe, wie meine Enkel auch. Sie brachen allerdings nur Brote. Aber im gleichen Stil wie die Erwachsenen: Sie visierten das zuoberst liegende Biberschwanzbrot zwei-, dreimal an, indem sie es mit dem Schädel berührten, dann schlugen sie zu. Dörfer, in denen es Sitte war, mit dem Handkan-

---

* Mein Großvater lehnte Leistungssport leidenschaftlich ab, wenn es sich um ihm unsympathische Sportarten wie zum Beispiel Boxen, Kegeln, Stabhochsprung oder Gewichtheben handelte. Solche erklärte er als gesundheitsschädigend, mit abenteuerlichsten Argumenten, Konsequenz hielt er für ein Zeichen von Charakterschwäche. Oft dachte er laut auf der Suche nach einer faschistischen Volkssportart, die physisch mit dem Kopf auszuführen wäre. Von Schach sprach er wie von Gott. Ein Zeitungsbild des Jesse Owens war mit Blaustiften über die im Keller aufbewahrte Drehbank genagelt.

ten Holz zu spalten, hatten wir auf der Reise viele kennengelernt, vereinzelt arbeiteten Männer auch mit dem Schädel, aber nur auf Holz, nie auf Ziegeln wie in diesem Dorf. Wir verließen es noch in selbiger Nacht. In den folgenden Wochen träumten wir schlecht. Dennoch setzten wir unsere Reise fort. Wo wir Ansiedlungen mit ziegelgedeckten Häusern antrafen, hielten wir gegebenenfalls und rieten den Bewohnern, ihre Häuser mit Schiefer, Teerpappe, Holzschindeln, Schilf, Stroh, Bananenblättern oder Beton zu decken. Bei strengem Frost kehrten wir in die Heimat zurück. Ich versammelte meine Familie, verteilte Andenken, trug die mitgebrachten Werte in den Keller, ordnete sie von Zeit zu Zeit, aß und trank gut und vergaß all meine Leiden in der Lust der Rückkehr. Und viele, die von meiner Heimkehr hörten, kamen und fragten mich nach meinen Abenteuern, und ich erzählte alles, was mir widerfahren war und was ich erduldet hatte. – Das also ist das Ende der zweiten Reisegeschichte, und morgen, Bruder, will ich dir erzählen, was ich auf meiner dritten Reise erlebte.

Also sprach Gustav der Weltfahrer. Gustav der Schrofelfahrer entgegnete, noch einmal ließe er sich nicht von einem Lügner mit Kartoffelsuppe bestechen, und erhob sich. Der Schirm der Petroleumlampe war verrußt. Sickergeräusche im Fallrohr, das neben der Sitzbadewanne dem ziegelgepflasterten Kellerboden eingeführt war. Über den mit kyrillischen Buchstaben bedruckten Zeitungsbogen liefen Ameisen. Gustav der Weltfahrer zeigte Gustav dem Schrofelfahrer einen Biberschwanzziegel und entschuldigte sich, den nicht verschenken zu können, da er, wie aus der Geschichte hervorgegangen wäre, nur einen Ziegel aus dem Dorfstaat hätte mitbringen können. Gustav der Schrofelfahrer sagte, solche Dachziegel hätte er schon tonnenweise in stillgelegte Steinbrüche gefahren. Da rollte der Weltfahrer sein linkes Auge siebenmal in Uhrzeigerrichtung, so daß ihm sieben blaue Funken entfielen, und sprach: „Bruder, kannst du mir Werte beschaffen?" – „Ich fahre Müll", sagte der Schrofelfahrer. Der Weltfahrer versicherte, dieses Wort nicht zu kennen, und erkundigte sich nach dem Keller seines Bruders. Der Bruder behauptete, keinen Keller zu haben. Da räumte Gustav der Weltfahrer Topf, Schüsseln und Zeitungsbogen von der Hobelbank, stützte den rechten Ellenbogen auf die Vorderzange und drehte mit der linken Hand schweigend die

Druckspindel. Befragt über Urlaubsorte, gab er Omsk, die Mongolische Volksrepublik, China, die Koreanische Volksdemokratische Republik, die Demokratische Republik Vietnam und den Berg Ararat an. Dessen Heiligkeit wäre Gustav dem Weltfahrer besonders augenfällig gewesen von armenischer Seite. Als himmlisches wolkengetragnes Gebirge stünde es Jerewan zu Gesicht. Obwohl jenseits der Grenze, im Stadtpark hätte der Weltfahrer gegen einen simultanspielenden Schulanfänger mit Mühe eine Schachpartie remis erreicht und dreimal verloren. Zum Abschied schenkte er seinem Gast zwei runde Lederstücke für sein an den Ellenbogen abgewetztes Jackett. Der steckte das Leder in die rechte Hosentasche, entschlossen, den Keller nie wieder zu betreten. Dann ging er zurück zu seinem braunen Wagen, bestieg das heiße Blechgehäuse und tat seine Arbeit. Den Abend verbrachte er auf, neben und unter seiner Frau. Nachts träumte er. Als er erwachte, wußte er nicht, was er geträumt hatte, fluchte und verlangte Speck und Käse. Seine Frau brachte ihm Salami, Speck und Käse und sah ihm zu beim Essen. Verwundert verließ er die Wohnung und begab sich an sein Tagewerk. Während einer Verkehrsstockung, die durch einen Zusammenstoß zwischen einer Straßenbahn und einem Omnibus verursacht worden war, wurde er sich seiner Verantwortung bewußt. Deshalb begab er sich während der Mittagspause abermals in den Keller. Zu seiner großen Verwunderung wurde er dort bereits erwartet, Gustav der Weltfahrer hieß ihn willkommen, nötigte ihn an die gedeckte Hobelbank und hob den Deckel vom großen schwarzen Topf. Basilikumgeruch erfüllte sogleich das Gewölbe. Während der Gastgeber die Emailleschüsseln füllte, widerrief der Gast seinen gestrigen Rat und sagte, der Weltfahrer wäre auch nicht berechtigt, andern Leuten Lügen aufzubinden, und Lügen zeugte von Menschenverachtung und es wäre schlimm, wenn ein Schrofelfahrer einen Weltfahrer an seine staatsbürgerliche Verantwortung erinnern müßte. „Mein staatsbürgerliches Bewußtsein unterscheidet sich nicht von meinem übrigen", entgegnete der Weltfahrer, „ihm ist Müll unvorstellbar." Dann sprach er vom Ernst sammlerischer Leidenschaften und wünschte einen guten Appetit. Als die Männer den großen Topf geleert hatten und gesättigt waren und die Hosenbünde geöffnet hatten, sprach der Gastgeber: „Was ich dir jetzt erzählen will, ist noch wunderbarer als das bereits Berichtete. Leg dir also ein Stück Pferdedecke zwischen Hackstock und Hinterbacken, lehn dich an den Gazeschrank und vernimm

Die dritte Reise
Gustavs des Weltfahrers

Wodurch dem Schrofelfahrer Kunde von Räuber-
pistolen und einem internationalistischen Utopiege-
spinst gegeben wurde, das unbrauchbar, doch auf-
trennenswert erschien, also daß er es widerstrebend
am Sehnsuchtsfaden ergriff und in Knäulen seiner
ihm unmerklich zuwachsenden Materialsammlung zu-
fügte.

Wie ich dir gestern erzählte, kehrte ich von meiner
zweiten Reise froh ob meiner Rettung zurück und
lebte eine Weile behaglich in meiner Heimatstadt.
Ich wurde Mitglied einer Rentnerbrigade, die Schlösser reparierte, besuchte Lichtbildvorträge und andere Kulturveranstaltungen des Veteranenklubs und
hörte dreimal täglich Weltnachrichten. Bis mich von
neuem die Sehnsucht nach Abenteuern packte. Da
überholte ich die Maschine Hulda, kaufte neue Gardinen für den Wohnwagen und Proviant und verhandelte mit dem Fleischer Eugen und dem Bäcker Alois.
Dann räumte ich meinen Keller aus, überführte die
Werte in den Materialwagen und ordnete sie dort art-

gemäß. Auch diese Drehbank wurde mit verladen. Die Reise führte uns hinab in den Süden. Da die Maschine Hulda ein Zweikuppler ohne Deichsel- oder Drehgestell war und ähnliche Überhänge wie Longboilermaschinen aufwies, fuhr sie unruhig und machte starke Nickbewegungen, bei hoher Geschwindigkeit und schlechten Straßen mußten sich meine Heizer beim Feuern anseilen. Wenn Hulda auf Gleisen gefahren wäre, hätte ich oft den Hilfszug rufen müssen. Wir fuhren wochenlang durch Wüste. Dort war die Luft bisweilen so trocken, daß einem der Kaffee im Mund verdunstete, wenn man ihn nicht sofort schluckte. In den Oasen nahmen wir Wasser und gedörrte Kamelfladen. Da das Fassungsvermögen des Wasserkastens und des Tenders bei derartigen klimatischen Bedingungen nicht ausreichte, füllten wir zusätzlich Wasserschläuche, die wir in Bagdad gegen drei Kinderwagenräder und einen Ehering eingetauscht hatten. Den Ring hatten wir kurz zuvor in Falkenau beim Preiselbeerpflücken gefunden. Ich war froh, einen Bäcker und einen Fleischer angeheuert zu haben, denn jeder gelernte Heizer hätte sich vermutlich geweigert, Kamelfladen zu feuern. Der Gestank auf der Maschine erforderte das Tragen von Nasentüchern. Beduinen, die mit ihren Karawanen unsere Strecke kreuzten, hielten uns dieserhalb für Frauen. Eines Nachts, als wir in unseren Doppelstockbetten schlummerten, die ich einst für meine Kinder gezimmert hatte, wurde mein Heizer Eugen geraubt. Ich bemerkte den Verlust erst gegen Morgen, da mein

Schlaf gesegnet war. Gleich befragte ich Alois, der mir nach verschiedenen Ausflüchten schließlich gestand, Augenzeuge des Überfalls gewesen zu sein. Die burnustragenden Räuber hätten erst ihn und dann mich abgetastet, sich aber schließlich doch für Eugen entschieden, der soviel wog wie Alois und ich. Alois war zu feige gewesen, Widerstand zu leisten, er konnte nur mit Brot töten. Der Wind hatte die Kamelspuren noch nicht gänzlich verweht, ich prägte mir ihre Richtung ein, ließ Dampf machen, legte stärkere Ketten an die Räder der Tiefladerchassis und nahm die Verfolgung der Räuber auf. Gegen Mittag zeichnete sich ein blauer Streifen am Horizont ab. Alois, der sein Versagen durch Diensteifer wettzumachen suchte, feuerte innerhalb von drei Stunden den Tender leer. Wir mußten unsere eisernen Heizvorräte angreifen, die wir während der Wüstendurchquerung auf den Waggondächern lagerten. Der blaue Streifen vergrößerte sich mählich. Ich hielt ihn für die Räuberkarawane. Alois hielt ihn für eine Fata Morgana. Tatsächlich war es eine Stadt. Wir fuhren am neunundzwanzigsten Oktober siebzehn Uhr zweiunddreißig Hilbersdorfer Zeit durch das Stadttor. Es war sehr hoch und geformt ähnlich dem Schnitt eines gotischen Turmhelms. Rechts war die Toreinfassung mit fünf horizontal verlaufenden Schlitzen versehen, links ragten fünf Scheiben aus ihr heraus. Die Torwache stempelte meine Lokpapiere. Über den Verbleib meines Heizers Eugen wußte sie keine Auskunft zu geben. Ich entschloß mich dennoch zu einer Rast und stellte den Zug auf dem Marktplatz ab, der weiträumig war und mit zwei Luftschächten ausgestattet. Hier war die Temperatur mäßig. Niemand benötigte den Klimawechsel dringender als meine Maschine Hulda, die unter den wüstenüblichen Temperaturschwankungen bereits derart gelitten hatte, daß Risse am Wasserkasten entstanden waren. Ich hatte Blechflecke auf die gefährdeten Stellen geschweißt. Da der Wasserkasten bei Hulda, wie erwähnt, unterhalb des Kessels angebracht war, hatte ich die Schweißarbeiten auf dem Rücken liegend in Autoschlossermanier ausführen müssen, der Wüstenwind wehte Sand durch die Radspeichen, nach Abschluß der Arbeiten mußte Alois die Maschine Hulda und mich ausschaufeln. Ich befahl, das Feuer zu löschen, um den Geruchssinn der Stadtbewohner nicht zu beleidigen, und begab mich, dem Rat der Torwache folgend, auf das Einwohnermeldeamt. Es war im 827. Stockwerk der Stadt untergebracht. Der Stockwerkpförtner schrieb Angaben meines Personalausweises auf einen blauen Passierschein, händigte mir außerdem eine Melakartmarke aus und schickte mich nach Zimmer 70938. Beiderseits der Tür von Zimmer 70938 standen Bänke, auf denen Männer oder Frauen saßen. In verschiedenen Zeitabständen trat ein Mann oder eine Frau aus der Tür und sagte eine Zahl. Daraufhin erhob sich ein Mann oder eine Frau von der Bank, zeigte die Melakartmarke, der die gesagte Zahl eingeprägt war, und verschwand hinter der Tür. Nach zweiundsiebzig Minuten verschwand ich hinter der Tür und stellte mich an die Publikumsschranke. Hinter der Schranke standen Karteikästen und zwei Männer oder Frauen. Sie trugen blaue Hosen wie die Besucher. Ich fiel auf. Man teilte mir mit, daß ein gelernter Fleischer Eugen aus Hilbersdorf nicht in der Kartei respektive Stadt geführt würde, und riet, den Fall polizeilich bearbeiten zu lassen. Das Polizeipräsidium wäre im 1376. Stockwerk der Nordstadt untergebracht. Bis zum 1000. Stockwerk ein elliptischer Bau, teilte sie sich oberhalb in eine Nord- und in eine Südstadt. Ich erreichte den 1376. Stock nicht vor der Mittagspause. Während der Fahrt im Aufzug nahm ich ein Bad – die Aufzüge der blauen Stadt waren mit Bad, Toilette und anderem Komfort ausgestattet. Obgleich ich auf der Maschine den Vorschriften entsprechend stets eine Uniformmütze getragen hatte, war mein Kopf derart versandet, daß es der Brause bedurfte, um das von einer Art Sanddüne verdeckte Haar wieder bloßzulegen. Erleichtert trat ich aus dem Aufzug und wandelte bis zum Beginn der Sprechstunde für den Publikumsverkehr zweimal um die Nordstadt. Rechts und links Büro- beziehungsweise Wohnungstüren. Aller zwölf Türen querten Gänge den von gekrümmten Wänden gebildeten Flur. Die Gänge wurden von Fenstern oder Fensterattrappen begrenzt. Um die dem Fenster gegenüberliegende Fensterattrappe war blaues Tuch betthimmelartig drapiert. Unter den Drapierungen standen Blumentöpfe und bronzene Büsten. Ich sah gelegentlich durch eins der Fenster. Die konkaven Fenster gewährten eine Aussicht auf den Markt. Der war mäandrisch von Menschenschlangen überzogen. Ich beobachtete sie wohlgefällig durch meinen Feldstecher, entschlossen, Eugen notfalls freizukaufen, für Weltreisen benötigt man mindestens zwei Heizer, der Mensch lebt nicht von Brot allein. Während der Wüstenfahrt hatte Eugen Beefsteaks und Kartoffelpuffer auf Huldas Dampfdom gebacken. Mit Appetit betrat ich die Räumlichkeiten des Referats Kidnapping und trug den Fall vor. Der Referent musterte meine Uniform und verwies mich an die Abteilung Brautraub. Die war wegen Inventur geschlossen. Betrübt bestieg ich abermals den Lift, sah einen Film über Hosenfabrikation und langte kurze Zeit nach Filmende auf dem Dach der Stadt an. Es war flach, ringförmig und von Balustraden umgeben. Ich schob ein Knie zwischen zwei Balustern, stützte die Unterarme auf die Brüstung und genoß den Sonnenuntergang, der die Wüste in rötliches Licht tauchte. In der Ferne zeichneten sich Hochflächen und Dünen ab. Ich spazierte in der jäh hereinbrechenden Abendkühle das Dach entlang. Als ich es erwandert hatte, war die Nacht längst hereingebrochen, der Himmel war schwarz, die Sterne glitzerten, aus den beiden schlotartigen Gebilden, in die sich die Stadt oberhalb des 1000. Stockwerks teilte, stieg Licht wie Dampf aus Kühltürmen. Ich beugte mich über die Brüstung. Noch immer überzogen Menschenschlangen mäandrisch den Markt. Viele Fenster der Stadt waren geöffnet und von Menschen besetzt. Manche

Menschen warfen Konfetti. Die Maschine Hulda erschien, vom 1763. Stockwerk aus gesehen, flohgroß, Alois war selbst mit dem Feldstecher nicht auszumachen, ich roch Kuchendunst. Entschlossen, für die Wiederbeschaffung von Eugen selbst Werte zu opfern, fuhr ich mit dem Lift wieder hinab zum Grund der Stadt. Dort kämpfte ich mich durch die Menge der Schaulustigen und erklärte vom Dach der Hulda die Führungen für beendet. Der Tender war mit Münzen gefüllt. Der Wohnwagen stank wie eine Bäckerei. Ich zog mich in den Materialwagen zurück, legte mich auf die Drehbank und schlummerte, bis Stechschritte der Wachablösung mich weckten. Vor einer überlebensgroßen Bronzestatue, die in der Mitte des Marktplatzes aufgestellt war, standen täglich in der Zeit von sechs bis zweiundzwanzig Uhr Hilbersdorfer Zeit zwei Männer oder Frauen in blauen Hosen Wache. Die Zeitungen der Stadt feierten die mäandrischen Schlangen vor der Bronzestatue. Ich kaufte mir einige Exemplare dieser Zeitungen, Alois hat sie jedoch unterwegs mit Nortak aufgeraucht, ich halte Raucher für willensschwache Menschen. Als die Sonne über den beiden Rundöffnungen der Stadt stand, begab ich mich abermals zum Referat Kidnapping, Abteilung Brautraub. Dort wurde mir mitgeteilt, daß Behauptungen, in der Stadt und ihrem angrenzenden Hoheitsgebiet würden Bräute gestohlen, jeder Grundlage entbehrten und als beleidigende Äußerungen gegenüber der Bevölkerung aufgefaßt werden müßten. Das Grundgesetz sähe für derartige

Äußerungen Gefängnisstrafen zwischen fünf Monaten und zwei Jahren vor. Für Gäste könnte die Strafe in Geldbußen umgewandelt werden. Da ich meine Werte für die Befreiung Eugens einzusetzen gedachte, legte ich den rechten Zeigefinger an das Mützenschild und entfernte mich. Stundenlang irrte ich ziellos durch die Flure der Stadt. Ihre Wände waren fachwerkähnlich aufgeführt, die Streben, Stiele und Pfosten waren blau und seltsam gewunden, das Rahmenmuster erschien mir vertraut. Von ungefähr traf ich auf eine Tür mit der Aufschrift „Informationszentrum". Ich öffnete sie, um mich nach dem kürzesten Weg zur nächsten Oase zu erkundigen. Die Stirnwand des Raumes wurde von einer goldrahmengefaßten Farbfotografie eingenommen. Da ich auf der Fotografie das Antlitz der Frau wiederzuerkennen glaubte, die die Skulpturen auf dem Marktplatz und in den Quergängen abbildeten, nutzte ich die Gelegenheit und fragte die männliche oder weibliche Person, die davorsaß, nach dem Namen der Persönlichkeit. Die Person nannte mehrere Namen, die mir wegen ihrer komplizierten Struktur entfallen sind, jedenfalls war die Frau die Gründerin der Stadt und neunhundertachtundvierzig Jahre alt. Die Person überreichte mir eine Broschüre. Darin stand, daß die Stadtgründerin ein Appartement am Stadttor bewohnte, in Höhe des zweiten Knopfes. Da ich glaubte, daß die Weisheit des Menschen von Jahr zu Jahr zunimmt, beschloß ich, die Hilfe der Stadtgründerin in Anspruch zu nehmen. Ich bewarb mich schriftlich um eine Audienz, die mir am achtzehnten November zehn Uhr vierzig Hilbersdorfer Zeit gewährt wurde. Die Wachen vor dem Audienzsaal trugen die gleichen blauen Strickhosen wie die vor der Statue auf dem Marktplatz und die Stadtbewohner. Ich trug ein weißes Vorhemd und einen schwarzen Seidenschlips. Als ich den Saal betrat, sprang die Stadtgründerin aus dem Bett und warf sich in einen grünen Morgenrock. Ich legte den rechten Zeigefinger an das Schild meiner Ausgehuniformmütze und entbot in der Landessprache einen guten Tag. Die Frau setzte sich aufs Bett und ließ die Beine baumeln. Sie steckten bis zu den Waden in schwarzen Walkfilzschuhen, an denen Schnallen befestigt waren. Die Schäfte standen offen, die Schnallen klingelten. Ich unterrichtete die Frau über den Raub. Die Frau öffnete und schloß die Knöpfe ihres wattierten Morgenrocks, der mit gelber und roter Seide bestickt war. Ich erbat Hilfe. Die Frau begab sich zu einer der Bronzestatuen, mit denen der Saal möbliert war, und zog eine Schublade aus deren Bauch. In der Schublade war ein Telefon installiert, die Frau führte ein kurzes Gespräch und bat mich zu warten. Ihr Gesicht ähnelte denen der Skulpturen, die ich allerorten in der blauen Stadt gesehen hatte, war jedoch im Gegensatz zu diesen faltenlos. Auch das Haar war nicht in Zöpfen, sondern in Locken aufgesteckt. Wenn die Frau lachte, entblößte die Oberlippe zwei Goldzähne. Die Oberlippe war behaart, die Mitte des Nasenrückens klemmte ein Zwicker mit geteilten Gläsern. Durch die unteren Gläser musterte die Frau wohlgefällig meine Uniform und fragte mich schließlich, ob ich ihr ein Schulterstück schenken würde. Ich bedauerte, ihren Wunsch nicht erfüllen zu können, da das Tragen unvollständiger Uniformen unstatthaft ist, und schenkte ihr einen von den Ersatzknöpfen, die mir Klara ans Rockfutter genäht hatte. Die Frau hob den Kopf aus dem Nacken und dankte. Dann klappte sie die Hirnschale einer niedrigen Statue auf, die offenbar als Nachtschrank diente, entnahm ihr eine Flasche und rieb sich die Knie ein. Schlangengiftgeruch erfüllte den Saal. Ich betrachtete das blaue Muster der Fachwerkwände. Die Frau bot mir einen Schluck aus der Flasche an, ich dankte, sie nahm zwei, sagte schmatzend, daß die Einreibung sie erhalte, begab sich wieder zu Bett und begann zu stricken. Um mir die Wartezeit zu verkürzen, erzählte sie beim Geklimper der Stricknadeln mit folgenden Worten die Stadtgründung: „Es war einmal eine Frau, die zog mit ihren Kindern in die Wüste, nachdem ein Krieg ihr Haus verbrannt hatte. In einer Wüstenoase wurde ihr erster Enkel geboren. Als er ein Jahr alt war, strickte sie ihm eine Hose.* Der Enkel

---

* Das dritte Traktat schrieb der Großvater über Handarbeiten. Es hat folgenden Wortlaut: „Die Handarbeiten der Frauen haben weitreichende Folgen. Unabsehbare. Überwiegend negative, um nicht zu sagen, reaktionäre. Deckchen, Kissen, Topflappen und andere Erscheinungsformen können eine Wohnung bis zur Unbewohnbarkeit verwüsten. Denn sie verengen die Zimmer, fangen Staub und entziehen Augen und Hintern die Ruheplätze. Wer Holz umhäkelt oder Sofas mit gestickten Kissen belädt, entfremdet Möbelstücke ihrer Bestimmung. Daraus ergeben sich direkte gesundheitsschädigende Wirkungen und indirekte. Die direkten gründen auf Mangel an Sonnenlicht, Bazillenansammlung und Sinnverwirrung, welche von einer Überfülle an Maschen oder anderen Einzelheiten hervorgerufen wird und Nerven ähnlich strapaziert wie Fernsehen. Die indirekten führen zur Flucht,

wuchs zusehends. Die blaue Hose wuchs mit. Denn sie war aus teuerstem Garn gestrickt. Einundzwanzigjährig hatte der Enkel eine Länge von einem Meter achtundneunzig und behielt die bei. Nicht so die Hose, offenbar hatte man der Frau für teures Geld zweite Qualität verkauft. Mit siebenundzwanzig Jahren entzog sich der Enkel der Fürsorge von Eltern und Großeltern, indem er die elterliche Wohnung verließ, ein Dach auf die Hose nagelte und in die Hose zog. Die Hose wuchs und wuchs. Der Enkel heiratete und richtete im rechten Hosenbein das Wohnzimmer, im linken das Schlafzimmer und in den Taschen Küche, Bad und zwei Kinderzimmer ein. Er zeugte neun Kinder. Als die heirateten, war die Hose inzwischen so groß, daß sie alle mit ihren Familien in der Hose Platz fanden. Sogar für die Frau, die die Hose glatt rechts gestrickt hatte, war ein Zimmer übrig. Später zogen auch Familienfremde in die Hose ein. Mit den Maschen vergrößerten sich auch die Maschenlöcher, die verschmiert werden mußten, weshalb ständig an dem Bau zu arbeiten war. Die Löcher wurden vor-

die gewöhnlich in Kneipen endet. Dort kann man sich zwar auch nicht besser unterhalten als mit einer strickenden Ehefrau, die Zählmuster murmelt, doch Schnaps macht großzügig. Und dumm. Es steht aber geschrieben, daß Denken in unserem Staat die erste Bürgerpflicht ist. Außerdem ruiniert, wer Geld und Verstand vertrinkt, die Ehe. Das heißt einen der Grundpfeiler unserer ordentlichen Ordnung. Er ist geschützt. Mit neuen Gesetzen, wer also die Schönheit von Neubauwohnungen in unehrerbietiger Weise ruiniert, macht sich strenggenommen schuldig. Politisch. Aber auch wirtschaftlich. Handarbeiten sind das Alibi vieler Frauen, die ihre Arbeitskraft der Gesellschaft vorenthalten. Sticken, Stricken und Häkeln repräsentieren vorsintflutliche Produktionsweisen, die einer kleinbürgerlichen Ideologie entsprechen. Die fortschrittliche Frau entscheidet sich für industriell gefertigte Erzeugnisse."

wiegend mit Kameldung verschmiert, Kameldung ist in einer Oase das billigste Baumaterial. So ist im Laufe der Jahrhunderte die zweitürmige blaue Stadt entstanden, und wenn sie nicht zerstört wird, wächst sie weiter." Die Frau stach eine Stricknadel in ihr weißes Lockennest, schob das Deckbett zurück, entblößte ein Bein und streifte das aus grüner Wolle gestrickte Schlauchstück übers Knie. Wenig später trat eine Frau oder ein Mann in den Saal, legte beide Hände seitlich an die blaue, glatt rechts gestrickte Hose und meldete, daß der Auftrag erledigt wäre. Die Frau streifte den Kniewärmer ab, raffte das Deckbett bis zur Leibesmitte und schüttelte sechs Kopfkissen auf. Dann zog sie die Stricknadel aus dem Lockennest und hob sie, wie Dirigenten Elfenbeinstäbe heben. Die blaubehoste Person salutierte und verschwand. Im nächsten Augenblick führte die Wache meinen Heizer Eugen in den Saal. Als wir die blaue Stadt verließen, hatte sie 1786 Stockwerke. Möglicherweise wird sie einmal bis an den Himmel reichen und allen Erdenmenschen Wohnung gewähren, und es wird sein einerlei Sprache unter ihnen. Bis der Herr spricht: "Wohlauf, lasset uns herniederfahren und ihre Sprache daselbst verwirren, daß keiner des anderen Sprache verstehe." Der Rest der Reise stand im Zeichen der Erlebnisberichte von Eugen. Außer Dienst verklebte ich mir die Ohren mit Wachs. Obgleich die Fahrgeräusche meiner Maschine Hulda erheblich waren, zumal bei unwegsamem Gelände, hörte ich die Schilderungen der Entbehrungen und

Schrecken so oft und ausführlich, bis ich mich fragte, ob ich nicht selbst in der Raubnacht für ein halbes Kamel an einen Beduinenhäuptling verkauft worden war. Als der Häuptling im Morgengrauen sah, daß er geprellt worden war, band er die falsche Ware auf ein Pferd und setzte den Verkäufern nach. Vergeblich, die Verkäufer hatten schnellere Kamele. Der Häuptling resignierte, schlug die Ware in Ketten und stellte sie als Mundschenk in seinen Dienst. Knapp drei Wochen später erreichte das Lager die Kunde, daß die Blauhosen kämen. Die Beduinen ergriffen unter Zurücklassung ihrer Habe in wilder Hast die Flucht. Der Gefesselte setzte sich schicksalsergeben an die gedeckte Tafel. Als die Blauhosen in das Lager eindrangen, verzehrte er die letzte Lammkeule, empfahl Gott seine Seele und zog den Personalausweis aus der Brieftasche. Die Blauhosen verglichen das Paßfoto mit seinem Gesicht und die im Ausweis stehenden Angaben mit einem Schreiben, berieten und eröffneten dem Todesängstlichen schließlich, ihn vor dem Verschmachten retten zu wollen. Am ersten Tag seiner Rückkehr kochte Eugen Kartoffelsuppe mit Leberwurstgewürz. Unterwegs briet er wieder Kartoffelpuffer und Beefsteaks auf dem Dampfdom. Als der Äquator weit hinter uns lag, garte er das Essen wie gewöhnlich auf dem Kanonenofen. Bald kehrten wir in die Heimat zurück, wo mich meine Familie und die Freunde herzlich willkommen hießen. Ich hatte auf dieser Reise viele unschätzbare Werte gewonnen und verschenkte einige. Dann begann ich zu schmausen

71

und mich zu vergnügen, und da ich gut aß und gut trank und mich bequem kleidete, vergaß ich bald alles, was mir widerfahren war, und gedachte nicht mehr der Gefahren und der Mühsal, die ich erduldet hatte. Das also waren die wunderbarsten Begebenheiten, die ich auf meiner dritten Reise erlebte, und wenn du Lust hast, kannst du morgen wiederkommen. Da werde ich dir die Abenteuer meiner vierten Reise erzählen, die noch seltsamer war als alles, was du bis jetzt vernommen hast.

Also sprach Gustav der Weltfahrer. Der Schrofelfahrer aber weissagte ihm ein schlimmes Ende, wenn er so fortführe, und riet zu Umkehr. Der Weltfahrer versprach, den Rat zu beherzigen, erwähnte Urlaube in Ägypten, Syrien und anderen afrikanischen Nationalstaaten und schenkte dem Schrofelfahrer zum Abschied sieben Unzen feingestoßenen Kameldreck. Als Pflaster aufgelegt, zöge der Gicht und Rheuma aus den Gliedern und heile Wespenstiche, als Tee kuriere er Influenza und Mumps. Da des Schrofelfahrers einzige Tochter gerade an Mumps erkrankt war und die vom Arzt verordnete Medizin nicht den elterlichen Wünschen entsprechend anschlug, nahm der Schrofelfahrer die Tüte und bezeichnete das Rezept als Sauerei. Dann verabschiedete er sich für immer und ging zurück zu seinem Wagen. Die letzten Arbeitsstunden vergingen langsam. Der Schrofelfahrer fuhr ungewaschen nach Hause, da ihn der Zustand seiner Tochter beunruhigte. Angekommen, erfuhr er, daß sie hohes Fieber hätte. Er schickte seine Frau einkaufen, kochte der Tochter Kameldrecktee und setzte sich neben ihr Bett. Als sie den Tee getrunken hatte, las er ihr das Märchen vom Schlaraffenland vor. Den Abend verspielte er mit seiner Frau. Als sie gegen zehn plötzlich ihren Kopf auf dem Kissen hin und her wälzte, erschrak er und wollte von ihr ablassen. Sie aber hielt ihn fest mit Armen und Beinen, so daß er staunte und es ihm wohl erging. Träumend schlief er ein. Am anderen Morgen weckte ihn die Tochter, indem sie seine Nase zwickte, und war weder verschwollen noch fiebrig. Froh sprang er aus dem Bett, schlug seiner Frau den Hintern und verspeiste einen Lachshering. Dann eilte er zum Depot, bestieg seinen Wagen und fuhr ihn so schnell wie möglich durch die ihm zugewiesenen Straßen. Als die Mittagssonne heiß auf das Kabinendach brannte, begab er sich wieder in den kühlen Keller Gustavs des Weltfahrers. Der empfing ihn mit offenen Armen und heiterem Antlitz und nötigte ihn, sich zu setzen. Der Schrofelfahrer sprach über die Schönheit seiner genesenen Tochter, woraufhin der Weltfahrer ihm die Lieblichkeit seiner sieben Töchter und die Klugheit seiner sieben Söhne schilderte, von denen vier den Krieg überlebt hatten. „Ach", sagte Gustav der Schrofelfahrer und fragte nun erst recht, weshalb der Weltfahrer nicht von seinen Urlaubsorten erzählte, die Schilderungen von schlimmen Zuständen brächten die Leute womöglich auf die Idee, die Welt wäre allerorten in schlimmen Zuständen. „Urlaub macht man dort, wo man sich annähernd zu Hause fühlt", entgegnete der Weltfahrer. „Welcher unternehmungsfähige Kerl hört sich schon häusliche Berichte an, wenn er die Wahl hat. Ich sammel schließlich auch keine Möbel in meinen Keller oder Geschirr oder anderen fertigen Krempel, den jeder Dummkopf hortet. Der Mensch will Arbeit vor sich sehen, in jungen Jahren unübersehbar viel, später weniger, wer keine mehr sehen will, ist ein wandelnder Leichnam. Weil ich was von dir halte, erzähl ich dir von Gegenden, wo zu tun ist. Ich sammel sie in deinen Kopf, wie die Stücke in meinen Keller. Wenn ich einen Nagel aufles, kann ich auch noch nicht sagen, wohinein ich ihn mal treib, ich spür nur den Drang, undeutlich die Richtung, wirkliche Ideen lassen sich nicht erzwingen. Sie wachsen einem zu. Wer den Erdball ordnen will, muß Geduld haben." Nachdem der Weltfahrer so gesprochen hatte, trug Klara die Suppe auf, und die Männer sogen den Sellerieduft in ihre Nasen und schmausten. Als der große schwarze Topf geleert und die Mägen gefüllt waren, erzählte Gustav der Weltfahrer mit ähnlichen Worten

Die vierte Reise
Gustavs des Weltfahrers

Wodurch dem Schrofelfahrer Sammelverschroben-
heiten zur Stärkung männlicher Resistenzen und Ab-
wehrkräfte zwecks Aufrechterhaltung brüderlicher
Machtvollkommenheit verabreicht wurden.

Nach der Rückkehr von meiner dritten Reise vergaß ich in Wohlstand und Ruhe gar bald alle Gefahren und Beschwerden. Die Rentnerbrigade, deren
Mitglied ich geworden war, erhielt mehr Reparatur-
aufträge, als sie erledigen konnte, der Veteranenklub
veranstaltete Tanzabende, mein Enkel Ralf studierte
Maschinenbau, die Weltnachrichten vom Deutschlandsender informierten mich dreimal täglich über
die hiesige Wirtschaft, Lagen auf welschen Kriegsschauplätzen und Wettervorhersagen. Eines Tages
besuchte mich ein Lokomotivführer, der D-Züge fuhr
und mir von seinen Diensten erzählte. Da regte sich
wieder in mir die alte Lust, und ich sehnte mich danach, eine Lokomotive zu besteigen und die Welt zu
befahren. Weil ich bereits auf den Landstraßen zu
Hause war, trug ich Verlangen nach dem Meer. Ich

überholte meine Maschine Hulda, Tender und Waggons, verhandelte mit Alois und Eugen und fuhr eines sonnigen Herbsttags gen Norden. Die Wälder waren bunt gefärbt. Die Wintersaat grünte. In den Schaufenstern der Stadtläden lagen Weintrauben. Als wir nach schöner Fahrt Rostock erreichten, sah ich zum erstenmal das Meer. Eugen badete darin. Alois angelte mit seinem schliffen Brot, aber die Fische wollten es auch nicht fressen. Ich verhandelte mit der Deutschen Seereederei. Nach langen Gesprächen gewährte man mir die erforderlichen Stempel auf verschiedene Papiere. Die steckte ich in einen Papiersack, schulterte ihn und lief zurück zum Kuhtor, wo ich meinen Zug abgestellt hatte. Dort kämpfte ich mich durch die schaulustige Menge, die den Zug umringte, bestieg meine Hulda, gab Zp1 und drückte den Reglerhebel nach links, wer sich nicht ordnungsgemäß anstellen kann, hat von mir kein Entgegenkommen zu erwarten. Auf dem Hafengelände verfuhr ich mich und langte mit Verspätung am mir zugewiesenen Kai an, wo bereits ein Ladekran wartete. Der setzte Maschine, Tender und Waggons von den Tiefladerchassis auf die von mir konstruierten Spezialpontons um. Dann hob er die Zugteile einzeln ins Wasser, wo sie verankert, neuartig zusammengekuppelt und an Pollern vertäut wurden. Anderntags besorgte Alois Mehl, Eugen lud ein gepökeltes Schwein, Wurst, Käse und einige Flaschen Korn, und ich kaufte Segel aus feiner Leinwand sowie einen Mast. Den setzten wir, wobei Huldas hoher Schornstein als Maststuhl diente, und lichteten noch selbigen Tags die Anker. Widrige Winde und dichter Hafenverkehr erforderten, die Hilfe eines Lotsenbootes in Anspruch zu nehmen. Das bugsierte meinen Schleppzug bis vor die Mole. Dort setzten wir zweiundzwanzig Quadratmeter Segel und fuhren bei leichtem achterlichem Wind fünf bis sechs Knoten. Meine Heizer, denen nunmehr die Arbeiten des Ersten und Zweiten Offiziers zufielen, lagen seekrank in den Kojen, sobald wir nicht mehr unter Land segelten. Allein auf meine Kraft gestellt, kämpfte ich mit den Unbilden des Ozeans. Eine Woche lang tat ich kein Auge zu. Um den Schlaf zu vertreiben, der bei achterlichem Wind besonders gefährlich ist – vorschriftsmäßigerweise müssen bei diesem Wind zwei Mann am Ruder sitzen –, um also ein Kentern meines Schleppzuges zu verhindern, unterhielt ich mich in den langen stürmischen Nächten mit meiner Hulda. Der Wind riß mir die Worte oft vom Munde. Wasser kam über. Aber mein Schleppzug konnte nicht vollschlagen. Ich hatte alle Türen zugenietet, die Wände der zu Zillen umgebauten Waggons kalfatert und Luken in die Dächer gebrochen. Beim Segeln saß ich auf dem Führerhausdach, das jetzt Deck hieß und mit einer Reling bewehrt war. Das Steuerungsrad, normalerweise rechts neben dem Kessel angebracht, hatte ich abmontiert und bediente mit ihm über ein kompliziertes Zahnradsystem das Ruder. Das hatte ich aus einem im Hilbersdorfer Steinbruch gefundenen Waschkessel geschmiedet. Nach dreißig Tagen erreichte ich Rio. Über Dover, Azoren, Bermudas, Antillen, Trinidad. Meine Offiziere krochen aus ihren Kojen, warfen sich in die Ausgehuniformen und genossen das malerische Panorama. Mit seinen Vorstädten dehnt sich Rio de Janeiro nicht allein auf dem Ufer, sondern auch auf siebzig Inseln der geschützten, tiefen, geräumigen Guanabarabucht. Als wir in die Guanabarabucht einfuhren, war Hulda über die Toppen staatsgeflaggt. Neun Uhr zweiundfünfzig Hilbersdorfer Zeit gingen wir im Hafen vor Anker. Ich versäumte nicht, allen bedeutenden Nachrichtenagenturen der Welt von diesem Ereignis Mitteilung zu machen. Dann holte Eugen Brot und Käse aus der Feuerbuchse und Speck und Wurst aus der Rauchkammer und richtete das Frühstück. Seit seiner Dienstzeit beim Beduinenhäuptling band er sich zu den Mahlzeiten ein Handtuch vor und rügte Alois und mich wegen schlechter Tischsitten. Nach dem Frühstück liefen wir aus dem Hafen von Rio aus und nahmen Kurs auf Macapá. Über Bahia, Recife, São Luís. Den Äquator tauften wir mit einer Flasche Korn. Unter dem Kreuz des Südens aßen wir Kartoffelsuppe. Auf den grauen Fluten des Atlantik verlebten wir herrliche Tage. Den Amazonas erreichten wir gegen Mittag. Ich schraubte Schaufelräder an Huldas zweite Achse und ließ die Lebensmittel aus Feuerbuchse und Rauchkammer räumen, die inzwischen als Backskisten gedient hatten. Dann ordnete ich ein mäßiges Feuer an. Ich bekam Dampf für einen Schwerlastzug und mußte abblasen, meine Heizeroffiziere hatten das Gelernte schon wieder vergessen, ich kann nicht leiden, wenn man einem Heizer jeden Handgriff erklären muß, eine Maschine ist nicht der Ort zum Reden, wenn der Führer das Kinn hebt, muß der Heizer erraten können, was gemeint ist, ein Heizer ohne Phantasie ist keiner, wer nur Kohlen schaufeln kann, soll beim Kohlenhändler arbeiten. Das Zischen des austretenden Dampfes erschreckte das Urwaldgetier. Die Weiber waren offenbar noch bei der Morgentoilette. Viele badeten, obgleich nicht Sonnabend war. Manche lagen auf Schreibtischen. Keine von ihnen war dazu gekommen, sich anzuziehen. Ich sperrte meine Offiziere in den zu einer Kajüte umgebauten Wohnwagen, warf mir den Regenmantel über die Schultern und die Gazeglocke über den Kopf und ging an Land. Das rechte Ufer war in einer Länge von zirka zwei Kilometern gerodet und mit Hütten und Wolkenkratzern bebaut. Die Hütten, bananenlaubbedeckte Pfahlbauten, umringten die Hochhäuser in kraalartiger Anordnung. Ich betrat einen der sieben Kraale und lüftete trotz des Moskitoschwarms, der mich umsummte, die bislang als Fliegenschutz für Käse benutzte Gazeglocke. Obgleich weit und breit kein Mann zu sehen war, erwiderten die Amazonen nicht meinen Gruß. Sie hatten feiste Hintern mit Grübchen, tief wie Salznäpfe, und trugen schlangenlederne Kollegtaschen unter dem Arm. Für zwei Pfund Salz erkaufte ich von einer jungen Amazone den Rat, mich zu den Männern zu scheren. Die würden zehn Kilometer entfernt warten, in undurchdringliche Pflanzenwildnis gesperrt. Je nach Alter, Beschaffenheit und Können

hätten sie eine Woche bis ein Jahr zu warten.* Nun
spart man zwar bei Temperaturen von fünfunddrei-
ßig bis vierzig Grad und neunundneunzig Prozent
Luftfeuchtigkeit an jeglicher Bewegung, aber ein Jahr
würde ich selbst für mein Alter als unzumutbar emp-
finden. Ich sagte das den Ausgesperrten bei meinem
ersten Besuch. Einige alte Männer, die eine Hand frei
hatten, legten Zeigefinger auf den Mund. Die jünge-
ren kochten, wuschen Wäsche oder stopften Zelte.
Burschen beaufsichtigten die Kinder und versorgten
die Babys. Alle trugen Popelineanzüge. Der Regen,
der hier fast ununterbrochen vom dichten Blätterdach
heruntertroff und auch die Zeltplanen durchdrang,
klebte ihnen den Stoff auf die Haut. Meinem Rat, die
nassen Anzüge abzuwerfen, wagten sie jedoch nicht
zu folgen, da sie sich ihres Wuchses schämten, erst
im Ausland lernt man die Heimat lieben. Als ich
von meiner ersten Expedition zurückkehrte, lag
Eugen in der Koje und schlief. Entweder er heizte,
oder er kochte, oder er aß, oder er schlief, andere
Lebensäußerungen kannte er nicht. Dabei verfügte er
über umfassende Bildungsmöglichkeiten, die in den
Schwalbennestern über seiner Koje untergebracht
waren. Acht Bände in Leder gebunden. Ich las täglich

* Die Anfrage, ob diese Reisegeschichte für oder gegen die Gleich-
berechtigung der Frau zu verstehen wäre, kann ich nur als lächerlich bezeichnen. Sie ist selbstverständlich gegen Männergesellschaften und Frauen-
gesellschaften zu verstehen. Mein Großvater war ein Patriarch schlimmster
Sorte, dessen extreme Haltungen gegenüber Frauen extreme Gegenhaltungen
herausforderten. Selbstverständlich Verstiegenheiten. Wer sich bei Lügengeschichten ständig fragt, was sie anderes bedeuten, sollte keine lesen.
Sie bedeuten nicht wie Parabeln, die bezeichnen. Lügner arbeiten nicht mit
doppeltem Boden, sondern bodenlos.

81

zwei bis drei Seiten, mein Gedächtnis erlaubte mir, Artikel aus dem Gedächtnis vorzutragen, mein Onkel Felix kannte Bücher auswendig. Diese am Amazonenstrom seßhaften Frauen hätte jedoch auch er als Weiber bezeichnet. Außer Kollegtaschen trugen sie Broschen. Bei näherem Hinsehen erkannte ich, daß die Broschen lebten. Sie wurden von Moskitos gebildet, die versuchten, geballt die Haut der Amazonen zu durchstechen. Vergebens, wie mir die Weiber versicherten, ihre Haut hätte auf eutelegenetischem Wege eine derartige Festigkeit erreicht, daß sich selbst Vogelspinnen daran die Stachel verbögen. Zudem fehlte den Weibern die rechte Brust. Nur Eugen schien den Mangel in Anbetracht der Fleischfülle zu übersehen, er konnte seinen Beruf nicht verleugnen. Der dicksten Amazone legte er eine Schlackwurst auf den Schreibtisch. Der war mit Schlangenleder bezogen, vermutlich, um Korrosionsschäden vorzubeugen, die bananenlaubbedeckten Hütten hatten keine Wände. Dieser Umstand erleichterte der Amazonenkönigin, die wir bald kennenlernen sollten, das Regieren. Von ihrer Hochhütte konnte sie jederzeit übersehen, wer von ihren Untertaninnen schlief und wer arbeitete. Geschlafen wurde auf dem Schreibtisch, gearbeitet dahinter. Hinter Schreibtischen sitzen und Papier beschreiben galt im Königreich Amazonien als Arbeit. Von wem die eigentlichen Arbeiten getan wurden, habe ich nicht ermitteln können, vermute jedoch, daß sie nachts erledigt wurden. Ich glaube, daß die Männer nachts aus ihrem Reservat nach Amazonas City beordert wurden, um zu wischen, zu roden und Häuser zu bauen. Die Laubhütten mochten von den Weibern errichtet worden sein, die Hochhäuser halte ich für ein Werk der Männer, ich sagte es ihnen bei Gelegenheit, doch sie stritten es ab, entweder schämten sie sich ihrer Domestikation, oder sie fürchteten die Zensur. Die offizielle Version, die täglich in Zeitungen verbreitet wurde, pries Amazonien als Inkarnation amazonischen Geistes. Im Reich erschienen siebzehn Tageszeitungen in einer Gesamtauflage von dreißigtausend, das heißt drei Zeitungsexemplare pro Kopf der Bevölkerung. Sie bewohnte Amazonas City, Hauptstadt und größte sowie einzige Stadt des Reiches, Dörfer gab es keine, das Reservat war in amtlichen Landkarten nicht verzeichnet. Das größte und einzige Werk von Amazonas City war eine Papierfabrik, die die Grundstoffe für die Presseerzeugnisse und die geistige Arbeit der Amazonen lieferte. Der Rohstoffverbrauch hatte bereits zur Abholzung des linken Stromufers geführt und drohte die gesamte Vegetation zu verschlingen. Das rechte Stromufer war zur Zeit unseres Besuches noch bewachsen, landeinwärts erstreckte sich eine undurchdringliche Pflanzenwildnis. Da ich über kein Buschmesser verfügte, legte ich die zehn Kilometer lange Strecke bis zum Reservat, in dem die Amazonen die Männer hielten, auf Bäumen zurück. Deren Blattwerk war so dicht, daß man zeit- und kraftsparend per Luftlinie darauf spazieren konnte. Sicher vor Silberlöwen, Alligatoren und Schlangen, aber nach wie vor von Moskitos belästigt und den Ausdünstungen des Dschungels, die mir ähnliche Kopfschmerzen verursachten wie das Parfüm meiner Enkelin Alice. Manchmal saßen so viele Moskitos auf meiner Gazeglocke, daß ich glaubte, die Nacht wäre hereingebrochen. Da ich jedoch stets einen beleuchteten Kompaß bei mir hatte, konnte ich mein Ziel dennoch nicht verfehlen. Nur der Auf- und Abstieg bereitete einige Schwierigkeiten, denn die Bäume waren in dieser Gegend Hunderte von Metern hoch, insonderheit die Kautschukbäume, von denen im neunzehnten Jahrhundert die Wildkautschukgewinnung ihren Ausgang nahm, ehe der Plantagenkautschuk diese Wirtschaftsform ablöste. Ich ritzte einen Stamm und füllte einen auf der Überfahrt geleerten Marmeladeneimer mit Fadengummi, von dem meine Frau Klara behauptet hatte, der wäre knapp. Mit dem Eimerinhalt, der ein Gewicht von dreißig Pfund und eine Länge von 7,8 Kilometern hatte, wären nicht nur Klara, meine Nichten, Schwiegertöchter und Enkelinnen, sondern alle Einwohner Hilbersdorfs auf Jahre hinaus ihrer Hutsorgen ledig gewesen. Da das Schicksal uns auf dieser Weltreise jedoch noch große Prüfungen auferlegte, müssen diese Frauen auch weiterhin ihre Hüte mit Nadeln an der Kopfhaut befestigen, was dem Filz auf die Dauer zu nicht geringem Schaden gereicht. Da ich täglich auf meiner Maschine Hulda trainierte, erklomm ich hundert Meter hohe Bäume in zwölf bis fünfzehn Minuten, wobei allerdings nicht verschwiegen werden darf, daß zwischen der Besteigung eines Baumes und einer Lokomotive Unterschiede bestehen, auf einer Speiseleitung steht man sicherer als auf einem Ast. Um nicht durch möglicherweise auftretende Löcher im Blattwerk zu Schaden zu kommen, zog ich Schuhe meines Heizers und Ersten Offiziers Eugen an. Schneeschuhe sind für solche Zwecke noch sicherer. Eugens gestohlene Wurst hätte uns übrigens später beinahe das Leben gekostet. Wir wurden vor die Königin persönlich geladen. Da ich im Reservat gehört hatte, daß unbekleidete männliche Körper oder Körperteile die Augen der Amazonen beleidigen, hatten wir uns trotz siebenunddreißig Grad Celsius und neunundneunzig Prozent Luftfeuchtigkeit in unsere Ausgangsuniformen geknöpft, Alois hatte außerdem weiße Handschuhe angelegt. Als er seine bedeckten Hände auf eins der Hinterteile legte, die der königlichen Wache gehörten, wurde ihm bedeutet, daß Männer im amazonischen Reich lediglich zur Erhaltung der Art benutzt würden, in moderner Zeit nicht direkt, sondern durch die Vermittlung von Ärztinnen, die das Gewünschte der königlichen Samenbank zulieferten, wir sollten uns ausziehen. Da der Schweiß die Pappeinlagen unserer Schulterstücke bereits zerweicht hatte, folgten wir dieser Aufforderung ungeachtet der Moskitos gern. Nur meine Taschenuhr behielt ich an. Ich klemmte sie zwischen die Hinterbacken. Die Königin empfing uns im zweiten Stock ihrer dreistöckigen Hochhütte, deren Wände aus Nylontüll hergestellt waren. Die Pfähle der königlichen Hochhütte bestanden nicht wie die der übrigen Kraalbauten aus gewachsenem Material, sondern waren ähnlich dem Mast unserer Seekreuzerlokomotive Hulda gebaut, allerdings nicht direkt aus Holz, sondern aus Büchern. Aus schlangenledergebundenen Büchern, die die Königin, wie ich annehme, als überflüssig erkannt hatte, alle Bücher außer Lexika sind überflüssig. Die Königin war ebenfalls nur mit einem Rangschild bekleidet. Zum Tragen eines die Schamgegend verdeckenden Rangschilds verpflichtete das Gesetz jede Bürgerin Amazoniens, das Schild Ihrer Majestät bestand jedoch nicht wie alle übrigen aus Blech, sondern aus Gold. Darein war in gotischen Lettern das Wort „Königin" kunstvoll graviert. Fühlte sich die Königin unpäßlich, führte das Schild die Geschäfte, einer von den im Reservat zeltenden Männern hatte mir erzählt, daß die Königin zu diesem Zweck das Schild auf das Schlangenledersofa legen würde, ich konnte den Wahrheitsgehalt dieser Behauptung nicht überprüfen, als wir den Audienzsaal betraten, lagerte das Schild mit der Königin auf dem Schlangenledersofa. Sie trug außerdem sieben Moskitobroschen und eine diamantenbesetzte Brille. Neben dem Sofa standen ein Eimer Tinte und ein Festmeter Papier. Ferner war der Saal noch mit einem Binsenteppich ausgestattet, in den das Portät von Penthesilea eingewebt war. Eugen kam unglücklicherweise auf deren Nase zum Stehen. Da gab ihm eine der königlichen Leibwächterinnen mit einem Miniaturschreibtisch, den sie am Koppel hängen hatte, einen Streich und erklärte uns, daß das Stehen oder Tanzen auf diesem Platz ausschließliches Privileg Ihrer Majestät der Königin von Amazonien wäre. Als Eugen wieder zu sich gekommen und aufgestanden war, zeigte die Königin mit dem Mundstück ihrer goldenen Zigarettenspitze auf unsere Körper und sagte, es wäre unvernünftig, die Nachkommenschaft dem Zufall der Liebe zu überlassen, da die Menschheit sich genetisch ständig verschlechterte. Wenn die Frauen der übrigen Welt auf Grund mangelhafter Bildungsmöglichkeiten in ihrer Mehrzahl heute noch ihr Leben durch reaktionäre Partnerbeziehungen verdüsterten, so wäre das zwar bedauerlich, jedoch nicht von heute auf morgen zu ändern: Die Amazonen wären gegen den Revolutionsexport. Daß sie bei der Evolution dieses Prozesses jedoch nicht tatenlos zusähen, wäre selbstverständlich, sie hätte über dieses Problem gearbeitet. Ihr Vorschlag, den sie in einer Habilitationsschrift niedergelegt hätte: Samenwahl. Wer sich an dem Wort stieße, könnte das Fremdwort Eutelegenese verwenden. Die Paare begeben sich zum Samenamt und suchen sich aus den Akten das Passende aus. Der Katalog verzeichnet alle Sorten der Begabungen. Jede Katalognummer enthält genaue Expertisen über den Samen, von den besten Genetikern, Biochemikern, Statistikern und Medizinern angefertigt. Der gewünschte Samen kann aus dem Tiefkühlraum jederzeit abgeholt werden. Sollten sich die törichten Menschen jedoch auch fernerhin auf konventionelle Weise vermehren wollen, so müßte man vielleicht vorübergehend eine Zwangssamenwahl einführen. In ihrem Königreich hätte diese Übergangszeit nicht länger als drei Jahre gedauert. Dann wären die Männer evakuiert worden. Heute würde nur noch an elf Prozent von ihnen die grüne Karte ausgegeben, eine Art Arbeitsbuch, das der Samenspender ständig bei sich zu tragen hätte. Alle übrigen Männer wären in der Kinderaufzucht beschäftigt und könnten, da die Propagandalokale im Amazonenreich gute Arbeit leisteten, keinen Schaden anrichten, selbst wenn sie aus dem Reservat ausbrächen, was gelegentlich noch vorkäme. Sie hätten nämlich die geschichtliche Entwicklungstendenz noch immer nicht voll begriffen, weshalb sie ihren Zustand als vorübergehend ansähen und in Zelten hausten, das Beharrungsvermögen dieses Geschlechts wäre belustigend stark. Dieser Umstand änderte jedoch nichts an der Tatsache, daß jede Stadt der Zukunft, dessen wäre sie als Königin und führende Soziologin absolut sicher, im Besitz einer solchen Samenbank wäre, wie sie das Königreich Amazonien seit langem besäße, sie winkte uns zu sich heran und befühlte unsere Muskeln. Die meinigen waren in ausgezeichnetem Zustand, da ich auch auf Weltreisen mit dem Expander trainierte, Eugen trainierte nur seinen Bauch, und die Haut von Alois war so weiß, daß man sie mit der Schneebrille betrachten mußte, wollte man seine Augen nicht ruinieren. Die meisten Amazonen trugen Brillen. Eine Abnutzungserscheinung, nehme ich an, wer ständig die Nylonwände der königlichen Hochhütte beobachten muß, überanstrengt seine Augen. Wenn sich der Tüll schwach bewegte, brauchten die wissenschaftlichen Ergebnisse nur korrigiert zu werden. Bauschte sich der Tüll jedoch, was durch Husten Ihrer Majestät der Königin hervorgerufen wurde, mußten die Amazonen andere Ergebnisse finden. Die gesamte Bevölkerung von Amazonas City arbeitete wissenschaftlich. An den Habilitationsschriften Ihrer Majestät. Um bei der Griffelführung nicht behindert zu werden, amputierten sich die Amazonen die rechte Brust. Nur die Königin konnte sich dieses unpraktische Körperteil leisten. Außerdem verfügte sie über eine koppeltragende Leibwache sowie Zofen. An den Koppeln hingen gummiknüppelartig geformte, schlangenlederbezogene Miniaturschreibtische. Da die gemeinen Amazonen von früh bis spät Habilitationsschriften verfaßten, vorwiegend für den Export, hatten sie keine Zeit zum Waschen, Nähen oder Kochen, sondern liefen nackt umher und aßen Rohkost. Vegetarismus war Staatsdoktrin. Die Königin hatte Eugens Wurst beschlagnahmen lassen. Während unserer Audienz schnitt sie sich gelegentlich mit dem Buschmesser eine Scheibe ab und verzehrte sie vor den Augen ihrer speichelnden Leibwache. Ich schätzte die Königin auf vierzig Jahre, sie behauptete, einhundertsiebenundzwanzig und das leuchtendste eutelegenetische Beispiel zu sein. Die durchschnittliche Lebenserwartung der Menschen ihres Reiches betrüge etwa einhundertvierzehn Jahre. Die der Männer läge niedriger, sagte die Königin und wetzte ihr Buschmesser am Sofaleder.

Die Wachen wetzten ihre Buschmesser am Schreib-
tischleder. Es entstammte der Anakonda, dem Wap-
pentier Amazoniens. Man legte uns eine zu Füßen.
Sie war über zwölf Meter lang und dicker als die
Oberschenkel der sie fütternden Weiber. Alois vermutete, daß der Futtervorrat ausgegangen war. Eugen sprach über die mangelhafte Qualität seines
Schinkens. Ich bewahrte Haltung, indem ich die mich
umgebende Tierwelt durch den Nylontüll betrachtete,
man muß jeden Augenblick seines Lebens nutzen,
auch den letzten. Die Vogelwelt der Gegend war sehr
artenreich, ich erwähne nur Papageien, Tukane, Ko-
libris, Kondore und Mandus. Die Insektenwelt hatte
ungeheuere Artenfülle. Unter den Kriechtieren lebten verschiedene neotropische Formen der Land-
schildkröte, Leguane, Alligatoren, Kaimane und viele
Schlangengattungen. Die Gewässer hatten eine zum
Teil altertümliche Formen aufweisende Fischfauna,
ich nenne Zitteraal, Schuppenmolch und Piranha.
Zum Schutz vor den Piranhas trugen meine Offiziere
beim Wasserschöpfen, seit wir den Amazonenstrom
befuhren, Rüstungen, die ich aus Windführungs-
blechen geschmiedet hatte. Meine Rüstung, die ich
beim Baden anlegte, war aus Kesselteilen getrieben und
grün, da Kupfer unter derartigen klimatischen Bedingungen schnell patiniert, zur Gewährleistung unserer Sicherheit hatte ich mich und mein Personal also
für das Schlimmste gerüstet und keine Mühen ge-
scheut, die Wirklichkeit schien jedoch alle Befürch-
tungen zu übertreffen. Den fleischfressenden Pira-

nhas entronnen, waren wir ahnungslos kannibalischen Weibern in die Arme gelaufen, die Eugen mit einer gestohlenen Schlackwurst angelockt hatte. Als einige herbeigerufene Ministerinnen mir mit ihren Buschmessern einzelne Haare von Kopf und Lenden schnitten, schrie auch ich um Hilfe. Sinnlos, denn der Sack mit meinen Papieren war einen Kilometer und das Männerreservat über zehn Kilometer entfernt. Deshalb entschloß ich mich, ein Testament zu sprechen, das die Werte zu gleichen Teilen meinen Heizeroffizieren Eugen und Alois in Anerkennung ihrer treuen Dienste vermachte. Die Ministerinnen legten meine Haare auf die Objekttische der von königlichen Leibdienerinnen herbeigeschafften Mikroskope, beugten sich über die Okulare und bewegten die Schrauben der Grob- und Feineinstellung. Von den Ergebnissen ihrer Untersuchungen machten sie ihrer Königin Mitteilung. Auf tupi, die Indianersprache Tupi ist das einzige, was ich aus dieser gefährlichen Gegend habe mitbringen können. Denn wir kamen davon. Als wir gemessen, gewogen und gestempelt waren, mit lila Stempelfarbe an entscheidenden Muskelpartien, verlas die Justizministerin einige Artikel des amazonischen Grundgesetzes. Es war mutterrechtlich aufgebaut und den Verhältnissen von Mykenä nachempfunden. Der Schlange, von den patriarchalischen Religionen als Verkörperung des Bösen diffamiert und in Folgeerscheinung von den Menschen wegen Erregen öffentlichen Ekels abgelehnt, wurde in Paragraph vier Absatz drei wieder ihre ursprüngliche Stellung als Beschützerin des Herdes zuerkannt. In Kapitel zwei wurden Kriege als männliche Erfindungen definiert und für abgeschafft erklärt. Der übrigen Menschheit wurde empfohlen, ebenfalls in Urwälder umzusiedeln oder, falls diese nicht ausreichen sollten, Urwälder für Siedlungszwecke anzupflanzen, da der Dschungel sich für die moderne Kriegführung als ungeeignet erwiesen hätte. Kapitel drei, das die Haltung von Männern rechtlich fixierte, gestattete die Ausstellung hervorragender oder minderwertiger Exemplare für öffentliche oder wissenschaftliche Zwecke innerhalb menschlicher Ansiedlungen in Ausnahmefällen, die von der Königin als solche anerkannt werden müßten. Die Königin erkannte sie in unserem Fall an. Wir wurden mit der uns vorher zu Füßen gelegten Anakonda aneinandergefesselt und abgeführt. Zu den Käfigen, die unter dem elektronischen Rechenzentrum gelegen waren. Das elektronische Rechenzentrum war in einem hundertzwanzigstöckigen Wolkenkratzer untergebracht, dem höchsten von Amazonas City, und wie alle anderen ebenfalls auf Betonpfählen errichtet. Wegen der Überschwemmungen, mit denen der Amazonenstrom diese Gegend öfters heimzusuchen schien. Das Rechenzentrum war mit der Druckerei durch eine Brücke verbunden. Dort wurden die Habilitationsschriften Ihrer Majestät vervielfältigt und in Kisten verpackt. Die Kisten wurden in etliche Länder der Welt exportiert. Für die dafür eingenommenen Devisen kaufte Amazonien Lebensmittel, Griffel, Betonfertigteile, Rechenmaschinen und etwas Gold für die Königin. Unser Käfig war auch importiert. Seine Stäbe, von gleicher Höhe wie die Betonpfeiler, bestanden aus nichtrostendem Stahl, hinter den Stäben waren Glaswände aufgeführt, die Klimaanlage sorgte für eine angenehme Atmosphäre. Das Essen wurde in Tablettenform verabreicht. Musik ertönte durch einen Lautsprecher, der jeden Ton sterilisierte, so daß auch die Gefahr der Tropenkrankheiten von uns abgewendet war. Täglich strömten Hunderte von Weibern mit ihren schlangenlederbezogenen Schreibtischen vor unserem Käfig zusammen, zogen Papier und Griffel aus ihren Kollegmappen und notierten ihre an uns gemachten Beobachtungen, die Tische waren zirka 1,95 mal 0,70 Meter groß, die Weiber, die genau darauf paßten, trugen sie unter dem Arm, unter dem rechten Arm den Schreibtisch, unter dem linken die Kollegmappe, anders gingen die Einwohnerinnen Amazoniens nicht auf die Straße, die aus strategischen Gründen keine war, sondern ein Pfad. Pfade sind in der modernen Kriegführung von geringem Interesse. Wir lebten sicherer als irgendwo sonst. Wurden wissenschaftlich ernährt. Ärztlich überwacht. Gepflegt. Und waren schon nach dem siebten Tag dem Tod nahe. Ich war ihm am nächsten. Albatrosse und Lokomotivführer lassen sich nicht in Gefangenschaft halten. Richtige Albatrosse, mit vier Meter Flügelspannweite und darüber. Und Dampflokomotivführer. Eine elektrische Maschine kann auch ein Stubenhocker bedienen, auf Knöpfe drücken kann auch meine Klara, die zeit ihres Lebens nicht über Hilbersdorf hinausgekommen ist. Ich kannte bereits mehr als die halbe Welt und die Nähe des Todes. Ich entrann ihm durch eine List. Am neunten Tag unserer Haft, als Eugen zu beten und Alois zu weinen begann und ich bereits nicht mehr in der Lage war, meine Uhr zwischen den Hinterbacken zu halten, ersann ich sie. Ich begann vor mich hin zu reden. Zuerst leise, dann lauter, zuletzt so laut, daß mich alle Amazonen, die unseren Käfig umlagerten, verstehen konnten. Ich schilderte ihnen auf tupi das Leben meiner Klara* und anderer glücklicher Frauen meiner Heimat. Schon nach wenigen Sätzen flossen die ersten Tränen. Nach einer halben Stunde hatten die Amazonen bereits so viele Tränen vergossen, daß sich eine Pfütze zwischen den Betonpfeilern gebildet hatte. Zwei Stunden später war sie zu einem Tümpel angeschwollen, wir standen bis zu den Knöcheln im Salzwasser. Das ergoß sich in die Hochwasserabflußrinnen. Die Betonrinnenfertigteile waren vom Pfahlunterbau des elektronischen Rechenzentrums über den königlichen Reichspfad, verschiedene Kraalanlagen bis zum Stromufer verlegt. Damit war die Verbindung hergestellt. Die Piranhas benutzten sie so-

* Beispielsweise auf Familienfeiern gesanglich gefaßten Wunschäußerungen des Inhalts, noch mal jung sein zu wollen, pflegte meine Großmutter Klara zu erwidern: „Um Gottes willen, das möcht ich nicht noch mal durchmachen." Nur diese Erwiderung und Haar, das auf dem kleinen Kopf lastete wie eine Schneemütze, hat mein Gedächtnis von ihr behalten. Es hat sie expropriiert wie die Familie. Ich kann ihr das Eigentum nicht direkt zurückerstatten. Die Geschichte verzeichnet Sieger, Klara, eine Besiegte, hat vierzehn Kinder geboren, auch den Weltfahrer. Ihrem ausgemergelten Leib entwuchsen und entwachsen noch und endlos lügenhafte Blumen. Ich erwarte die Zeit, da sie nimmt, was ihr gehört.

fort. Angelockt durch den Geruch menschlichen Fleisches, schwärmten sie in Scharen, die Amazonen bemerkten sie nicht, ihre Lederhaut trotzte den messerscharfen Gebissen der Sägesalmler. Da wir unsere Rüstungen nicht bei uns hatten und sich im Käfig keinerlei Gegenstände befanden, auf die man hätte zeigen können, waren wir gezwungen, an den Käfigstangen hochzuklettern. Dieses Gebaren erklärte ich den Amazonen als Demonstration von Übungen einer in meiner Heimat verbreiteten Frauensportart, ich mußte immer weiter reden, ich redete um mein Leben, die Augen der Amazonen durften nicht trocken werden, sonst hätten sie gesehen, daß die blutgierigen Piranhas die Stahlstangen durchsägten, an denen wir hingen. Als die Stangen brachen, waren die Augen bereits derart geschwollen, daß die Amazonen ihnen nicht mehr trauten. Wir flohen an Bord, nicht ganz vollzählig, Alois fehlte ein Zeh, Eugen eine Ferse, er hatte sich schwer an den Stahlstangen halten können und war dreimal abgerutscht, sein Bauch hätte ihm beinahe das Leben gekostet, Alois war nur einmal abgerutscht. Ich behandelte die Wunden mit Jod, nachdem wir den Fadengummi und anderen Ballast abgeworfen, Anker gelichtet und Segel gesetzt hatten. Wir segelten viele Tage und Nächte. Nur mit einem Hochsegel, um den Fockmann einsparen zu können. Denn bei Wendemanövern mußten meine Offiziere die Ruder der Zillen bedienen. Ich bediente das Ruder von Hulda und die Großschot. Auf See, da zwischen den Wendemanövern größere Zeitabstände lagen, oder bei achterlichem Wind lösten mich meine Offiziere gelegentlich ab, wenn sie mit der Hausarbeit fertig waren. Dann legte ich mich in die Koje und ließ mich einwiegen vom Schlingern der Wohnzille. Wenn ich erwachte, freute ich mich meines geretteten Lebens. Ich widerrief mein Testament und nahm Kurs auf meine Heimat, die keine Habilitationsschriften aus Amazonien importierte. Nach Wochen kamen wir glücklich in Hilbersdorf an. Ich versammelte meine Familie, die sich meiner wohlbehaltenen Heimkehr freute, und speicherte die mitgebrachten Werte in meinem Keller. Dann überließ ich mich der Lust und dem Vergnügen, indem ich meine alte heitere Lebensweise wiederaufnahm. Das also sind die wunderbarsten Abenteuer meiner vierten Reise. Aber morgen will ich dir, wenn du mich besuchst, erzählen, was mir auf meiner fünften Reise widerfuhr, denn das ist noch seltsamer und wunderbarer als alles, was du bisher gehört hast.

Also sprach Gustav der Weltfahrer. Dann schenkte er seinem Namensbruder ein Stück Tampen, das ihm in Kuba, wo er seinen Urlaub verbrachte, von einem Fischer geschenkt worden wäre. Der Fischer hätte früher gegen Bezahlung mit Haifischen gekämpft, besonders die amerikanischen Touristen hätten solche Kämpfe gemocht, wenn er wegen Arbeitslosigkeit noch immer dazu gezwungen gewesen wäre, als der Weltfahrer das Land besuchte, hätte der Schrofelfahrer von der Gegend ausführlichen Bericht erhalten. Denn Zuhörer würden lieber Fremdartiges vernehmen und ließen sich gern von Gefährlichem in Spannung bringen. Und Erzähler wären natürlicherweise geneigt, sich mit Fährnissen ins rechte Licht zu setzen, wie anders denn könnte ein Weltfahrer sich seinem Freund charakterlich erklären? Der kubanische Fischer hätte übrigens lebende Seeigel gegessen und während einer Demonstration in Cienfuegos zu den Klängen der Internationale getanzt, so schlenkernd, Kopf und Hintern hätten auch gewackelt, also passend erschien das dem Weltfahrer gerade nicht. Auf Urlaub müßte man sich aber nicht ständig wie zu Hause fühlen, nur hauptsächlich, entschied der Weltfahrer und erkundigte sich nach dem Zustand der Einkellerungskartoffeln. Der Schrofelfahrer antwortete, Kartoffeln kaufte seine Frau zehnpfundweise im

Laden, der Weltfahrer bezeichnete Frühkartoffeln als ungesund und begab sich zur Kartoffelhorde. Gelbliche und lilaweiße Keimbüschel wuchsen in Fensterrichtung aus den Lattenzwischenräumen, mitunter spannlang, der Weltfahrer machte sich ans Entkeimen, der Schrofelfahrer half ihm dabei. Asseln liefen über seine Hände Verstaubte Spinnennetze, die im Fenstergitter hingen, wurden vom Luftzug schleierartig bewegt. Es roch nach Fäulnis und Petroleum. Gegen eins steckte der Schrofelfahrer das Stück Tampen in die Brusttasche seiner Jacke, verabschiedete sich und beendete sein Tagwerk beschwingt. Als er heimkehrte, lief ihm seine Tochter entgegen. Seine Frau aber lächelte. Als die Tochter schlief, trug er die Frau aufs Bett, entkleidete und küßte sie, beobachtete mit Wohlgefallen, wenn sie den Kopf im Kissen hin und her wälzte, und lauschte ihren Schreien. Erschöpft schlief er ein. Am anderen Morgen erwachte er spät und verspeiste einen Apfelkuchen, den ihm seine Frau gebacken hatte. Dann begab er sich pfeifend zum Depot, wo er seinen Wagen überholt fand und gewaschen. Die rotweißgestreiften Stoßstangen leuchteten, die Hydraulik funktionierte einwandfrei. Während der Vormittagsstunden leerte die Besatzung nicht weniger als siebenundachtzig Kübel. Mittags begab sie sich zu den Parkanlagen des Schloßteichs und nahm Platz auf einer blaugestrichenen Bank, die in der Nähe einer Wasserkunst aufgestellt war. Als Gustav der Schrofelfahrer zwei Plinsen gegessen hatte, schwitzte er und langweilte sich derart, daß er aufstand und sich zum kühlen Keller Gustavs des Weltfahrers begab. Der Weltfahrer hieß ihn willkommen und klopfte mit einem Schienenstück dreimal ans Abflußrohr. Wenig später erschien Klara mit der Suppe, und Liebstöckelgeruch erfüllte alsbald das Gewölbe. Die Männer aßen und vergnügten sich. Als sie Topf und Schüsseln geleert und die Löffel abgeleckt hatten, berichtete der Gastgeber mit ähnlichen Worten über

Die fünfte Reise
Gustavs des Weltfahrers

Wodurch der Schrofelfahrer-Sammlung das Original Felix — mit Seemannsgarn an unoriginelle Inselzustände geknotet — aufgebunden wurde.

Als ich nach meiner vierten Reise eine Weile an Land gewesen war, vergaß ich in Behagen, Genuß und in Freude über die gewonnenen Werte alles, was mir an Gefahren und Leiden zuteil geworden war. Unsere Rentnerbrigade reparierte nicht mehr nur Schlösser, sondern auch Töpfe, ich übernahm die Lötarbeiten. Auf einem Tanzabend des Veteranenklubs, den ich mit meiner Frau Klara besuchte, wurde mir für die Vorführung eines Walzers der erste Preis in Form einer Warschauer Torte zuerkannt. Meine neunundzwanzigjährige Enkelin Karin heiratete das viertemal. Weltnachrichten vom Deutschlandsender informierten mich dreimal täglich über die hiesige Wirtschaft, Lagen auf welschen Kriegsschauplätzen und Wettervorhersagen. Auf dem Hauptbahnhof wurden Oberleitungsmasten gesetzt. Dennoch ergriff mich eines Tages von neuem die Sehnsucht zu reisen und ferne Länder und Inseln zu sehen. Ich überholte also meinen Zug, kaufte Proviant, heuerte Eugen und Alois an und fuhr eines schönen Apriltags abermals gen Norden. Die Birken grünten, und die Kirschbäume blühten, und die Spatzen sonnten sich auf dem Führerhausdach. Wir erreichten Stralsund nach schneller Fahrt. In der Volkswerft ließ ich meinen Zug in bewährter Weise auf die Spezialpontons umsetzen. Sie waren aus leeren Benzinfässern gefertigt, die ich sorgfältig verlötet und mit Mennige gestrichen hatte. Mehrmals mit Mennige und dann mit schwarzer Ölfarbe. Maschine, Tender und Waggons hatten den gleichen Schutzanstrich. Alois betete in der Marienkirche für gut Wetter. Eugen erstand in der Fischräucherei einen Aal. Als wir den verzehrt hatten, setzten wir Segel. Auf See sang ich „Ist denn kein Stuhl da, Stuhl da, Stuhl da, für meine Hulda rampam". Bei steifer Brise nahm ich einen Korn. Mein Onkel Felix hat nur Korn getrunken. Erst hat er Dienst gemacht, und dann hat er Korn getrunken, umgekehrt nicht. Denn er war Lokomotivführer. Das ist kein Posten, das ist ein Beruf. Wir segelten von Stadt zu Stadt, von Insel zu Insel, von Meer zu Meer. Über Skagerrak, Kattegat, Calais. Da mein Schiff lediglich über achtundzwanzig Quadratmeter Segelfläche verfügte und das Gesamtalter seiner Besatzung mittlerweile bereits zweihundertneun Jahre betrug, spannten wir zur Beschleunigung der Fahrt ein Seepferd an, das zufällig unsere Strecke kreuzte. Es war ein schönes Tier, blaufellig, langmähnig, feurig, es peitschte das Meer mit dem Schweif und galoppierte auf so großen Füßen, daß die Hufe zu meiner größten Verwunderung nur wenig in das Wasser tauchten. Bekanntlich pflegt ja das gemeine Seepferd, sofern es nicht schwimmt, auf dem Meeresboden zu traben. Es hält sich deshalb nur in relativ flachen Gewässern auf und ist für Ozeanüberquerungen ungeeignet, nicht zuletzt der geringen Geschwindigkeiten wegen, die beim Unterwassertrab zu erreichen sind. Unser Seepferd, mit dem wir hundertzwanzig Knoten schafften, war, obgleich es die durchschnittliche Höhe seiner Art nicht wesentlich überschritt, unabhängig von Meerestiefen manövrierfähig, das Tier lief in einer von mir aus dem Lederzeug alter Schneeschuhbindungen und Kofferriemen gefertigten Juckeranspannung. Wenn das Seepferd durch die Nüstern schnob, bekamen die Wellen Schaumkronen. Wenn es wieherte, geriet Huldas Kessel in gongähnliche Schwingungen. Wenn es sich bäumte, stieß sein Kamm oft mit solcher Wucht gegen die Wolken, daß sie brachen und Unwetter niedergingen. Abends bargen wir die Segel und verbrachten die Nächte schlafend in den Kojen. Morgens zeigte uns das Bullauge neues, nie gesehenes Wasser, das Seepferd konnte nämlich nicht stehenbleiben, ohne sich dem Schwimmzwang auszusetzen, auch ein Wasserskiläufer kann sich nur in Bewegung über Wasser halten. Schwimmen aber ist, wie man aus eigener Erfahrung weiß, wesentlich anstrengender als Laufen, ich glaube, unser Seepferd schlief bisweilen im Trab. Jedenfalls hat mich hin und wieder Schnarchen geweckt, das leiser als das Schnarchen von Alois klang und nicht so gleichförmig. Insgesamt aber waren wir mit dem Seepferd sehr zufrieden, denn wir erledigten mit seiner Hilfe zeitsparend die Weltmeere. Als unsere Matratzen, mit deren Inhalt wir es fütterten, zur Neige gingen, mußten wir uns von ihm trennen. Gegen Mittag desselben Tages kam Land in Sicht. Wir gingen in einer Bucht vor Anker und betraten wenig später eine Küste, die bewaldet war. In diesem artenreichen Laubwald fingen wir einen Tiger. Zünftig, das heißt mit Händen und Stricken. Pelztierjäger fangen nur mit Händen, Stricken und Gabeln. Da wir keine Gabeln hatten, legten wir Eugen als Köder aus, der Geruch eines Bäckers vertreibt Raubtiere. Alois fungierte als Treiber, ich als Fänger. Ich fing den Tiger, indem ich ihm meinen Uniformrock über den Kopf warf. Meinen Arbeitsuniformrock. Eugen hatte auf der letzten Reise dreimal das Feuer zugeschüttet, die Feuertür lag bei Hulda zu ebener Erde, er mußte die Kohlenschaufel also gar nicht heben, er brauchte nur etwas Schwung, um die Kohlen gleichmäßig über das Feuerbett zu verteilen. Gleichmäßig, darauf kommt es an, aber wenn einer keinen Schwung hat, kann man reden, soviel man will, in der Buchse liegen schwarze Haufen. Und dann wird gescharrt und das Führerhaus verpestet. Der Kohlenoxydgestank hält sich jahrelang in den Kleidern, als ich dem Tiger meinen Uniformrock überwarf, war das Tier sofort betäubt, so daß ich ihm verhältnismäßig mühelos das Maul zubinden konnte. Dann fesselten wir ihm die Beine derart, daß er nur noch kleine Schritte machen konnte, schickten Eugen voraus und ersparten uns auf diese Weise, den Tiger heimzutragen. Denn ich wollte ihn lebendig. Alois wollte ihn dem heimatlichen Tierpark vermachen – unter der Bedingung, daß eine Bronzeplatte mit den Namen der Spender am Käfig angebracht würde. Eugen umschlich auffällig oft die Kartoffelhorde, die wir dem Tier als provisorischen Stall zugewiesen hatten, es war ein männliches Exemplar mit imposanten Bernsteinaugen und prächtiger Barttracht, der meinen nicht unähnlich. Der Tiger schien sich in dieser Notunterkunft sehr wohl zu fühlen, er verschlief die Tage wie ein Säugling. Wenn der Kanonenofen glühte, wälzte er sich auf den Rücken, innerhalb weniger Tage hatte er unsere Fleischvorräte zur Hälfte aufgezehrt. Da wir in dem artenreichen Laubwald weder Pferde noch andere Futtertiere antrafen, waren wir gezwungen, unter Segel zu gehen. Wir ließen uns treiben von starken stürmischen Winden. Als nach einer Woche noch immer kein Land in Sicht kam, erinnerte ich mich der Fischverkäuferin Schmudlach, die den Hilbersdorfer Hausfrauen Walfleisch als Kalbslebererersatz verkauft und dem Konsum großen Gewinn gebracht hatte. Flugs harpunierte ich mit dem Feuerhaken den ersten besten Blauwal, nahm Kurs auf Nordnordost, vertäute einen kleinen Eisberg backbords an die Materialzille, lagerte den Wal auf diesem natürlichen Kühlschrank und gewährleistete so die kontinuierliche Versorgung des Tigers mit Futter einwandfreier Qualität. Dann ging ich wieder auf Südkurs. Eines Vormittags, als die See ruhig war und Schwärme von Delphinen in der Sonne spielten, verlor mein Schiffszug plötzlich an Geschwindigkeit, ich sah nach der Fock, ich sah nach dem Klüver, sie standen gut, Großsegel und Ketsch auch, wir lagen vor dem Wind, der eine frische Brise war, Hulda krängte leicht, das Ruder war in Ordnung, aber wir verloren unerklärlicherweise zusehends an Geschwindigkeit. Ich zog mich also aus, bewaffnete mich mit einem Messer und wollte gerade tauchen, weil ich vermutete, ein Riesenkrake hätte sich an Huldas Bauch festgesaugt, da sah ich, daß von der Wohnzille nur noch das Kanonenofenrohr aus dem Wasser ragte. Ich schwamm zum Rohr, pustete, was die Lungen hergaben, so lange in das Rohr, bis das Luk der Wohnzille auftauchte, verstopfte das Rohr mit meiner Uniformjacke, stieg ein und fand Eugen vor einer Pfanne mit gebratener Leber essend am Tisch. Eugen erschrak vor meinem verrußten Angesicht wie vor dem leibhaftigen Teufel und floh hinter die Kartoffelhorde, ich warf Pfanne und Leber über Bord, wäre ich fünf Minuten später aufmerksam geworden, hätte Eugen die Leber aufgegessen, und der Zug wäre in den Fluten des Ozeans versunken. So bringen Vielfraße nicht nur ihre, sondern auch die Gesundheit ihrer Mitmenschen und -tiere auf sträfliche Weise in Gefahr, weshalb ich hinfort auf Reisen als vorbeugenden Gesundheitsschutz eine Rationierung der Grundnahrungsmittel vorzunehmen beschloß. Auf einer Insel, wo es so viele Fliegende Hunde gab, daß die Vegetation von diesem Überfluß geprägt war und die Kronen der Bäume im Boden wurzelten, die Stämme aber im Winde schwangen, gab ich meinen Entschluß bekannt. Alois klatschte. Wieder auf See, gerieten wir in einen schweren Sturm, der jäh niederbrach wie eine Fallbö. Ich mußte die Segel kappen. Der Himmel war gelb am Horizont. Braune Wolken verfinsterten die Sonne. Haushohe Wellen spülten Läutewerk und Kesselsicherheitsventil von Bord. Ich seilte mich am Dampfzylinder fest und setzte Sturmsegel. Eugen, Alois und der Tiger lagen seekrank in der Wohnzille und opferten. Ein haushoher Brecher riß das schmiedeeiserne Ruder, das ich aus einem Waschkessel geformt hatte, vom Heck der Hulda, Böen zerfetzten das Sturmsegel. Mein Zug trieb steuerlos in der entfesselten See. Da ich annehmen mußte, daß Dampfzylinder und Seil den Fluten nicht mehr lange standhalten konnten, das Deck der Wohnzille aber ständig von schweren Brechern überrollt wurde, so daß ich das Luk nicht öffnen konnte, ohne meine Offiziere und den Tiger zu gefährden, suchte ich in der Feuerbuchse Schutz. Sie diente, wie erwähnt, auf See als Backskiste, ich lag auf Kuchen und Speckseiten, lauschte den Schlägen, die das Meer meiner Hulda versetzte, fühlte mich elender als selbst verprügelt und sang „Ist denn kein Stuhl da, Stuhl da, Stuhl da, für meine Hulda rampam". Ein Lokomotivführer darf keine Furcht kennen. Mein Onkel Felix hat dem Pfarrer, als der ihn besoffen im Schnee gefunden und mit Höllenschilderungen schrecken wollte, geantwortet: „Herr Pastor, wenn 'ch mein Sach mach, hab 'chs beim Deifel auch ganz gut." Im Bauch der Hulda, wo ich Prellungen ohne Zahl davontrug, gedachte ich, betäubt vom Kuchengeruch, meiner Ehefrau Klara, der Kinder und des Kellers, in den ich nie mehr hinabsteigen zu können vermeinte. Dann verfluchte ich Alois und empfahl Gott meine Seele. Nach geraumer Zeit, während der Stunden oder auch Tage vergangen sein mochten, erfaßte eine gewaltige Erschütterung Huldas eisernen Rumpf, ich schlug mit dem Schädel gegen die Feuertür, Kuchen brach auf mich nieder, Mehl stiebte. Als ich aus der Ohnmacht erwachte und mein Gesicht vom verfluchten Backwerk meines Heizers und Zweiten Offiziers gereinigt hatte, vermißte ich Bewegung. Ich öffnete vorsichtig die Feuertür, kroch an Deck und gewahrte, daß Hulda mit verbeultem Kessel gestrandet an der Küste eines Eilands lag. Wohn- und Materialzille lagen einige hundert Meter entfernt ebenfalls gestrandet, jedoch relativ unversehrt. Ich fand Eugen, Alois und den Tiger wohlauf. Nur der Eisberg mit dem Walfleisch war verlorengegangen. Wir feierten unsere Rettung mit einer Flasche Korn, der Tiger bekam den Korken. Dann gingen wir an Land. Es schien unter meinen Füßen zu schwanken und war unscheinbar und still. Sein Küstenpanorama wies keinerlei Formen, Farben oder Bewegungen auf, die mir in Erinnerung geblieben sind, ich kann deshalb keine Beschreibung desselben geben, ich weiß nur noch, daß wir sehr froh waren, an dieses unauffällige, kühle Eiland verschlagen worden zu sein. Erschöpft von unerhörten Begebenheiten, Ansichten und Gefahren, sehnten wir uns danach, unsere Sinne auszuruhen und einige Zeit unserem Alter gemäß zu leben. Ein betagter Lokführer braucht zwar weniger Ruhe als x-beliebige andere Menschen, aber ohne Stunden der Muße, in denen er seine Erlebnisse zu überdenken Gelegenheit hat, kann auch er nicht auskommen. Insofern ist das Alter, das einen weit geringeren Erlebnisverschleiß hat als die Jugend, ein schöner und billiger Lebensabschnitt. Froh über unsere Rettung, sprachen wir der Kartoffelsuppe zu, die Eugen mit Liebstöckel gewürzt hatte, und verbrachten schöne, genußreiche Stunden in den Kojen, beim Segelflicken, Kesselbeulenausdengeln, Pontonlöten und anderen Reparaturarbeiten. Da wir das Eiland für unbewohnt hielten, verabreichten wir dem Tiger vegetarische Kost in Form von Seetang. Am siebten Tag unseres Aufenthalts, als wir unseren Zug mit Hilfe der Flut, die das Eiland aller zwölf Stunden erreichte, bereits wieder flottgemacht, Läutewerk und Kesselsicherheitsventil ersetzt hatten und auf der Reede vor Anker gegangen waren, erschien ein Mensch am Strand. Er winkte und vollführte eine Art Tanz. Dann sprang er ins Wasser, schwamm zu uns heran, hieß uns im Namen herzlich willkommen und fragte, ob wir ihn und das Eiland mit dem Ereignis unseres Besuches zu beschenken geruhten. Wir hievten den Erschöpften an Bord und geruhten, woraufhin der Mann abermals seiner Freude mit Arm- und Beinbewegungen Ausdruck verlieh. Dann trockneten wir seine Kleider am Kanonenofen, setzten ihn in die als Katamaranbeiboot hergerichtete Badewanne, die ich siebenunddreißig Jahre zuvor in einem Steinbruch gefunden hatte, ruderten ihn an Land und ließen uns das Eiland zeigen. Es war dicht bebaut und ebenso schwer beschreibbar wie das Küstenpanorama und der Mann. Unterwegs führte er über einen Straßenmünzapparat ein kurzes Telefongespräch mit einem Premier, unsere Anwesenheit betreffend, da mir die Landessprache überraschenderweise geläufig war, mußte ich annehmen, daß mein weitgereister Vater, kurz bevor er mich zeugte, auf diesem Eiland Töpfe eingestrickt hatte. Der unscheinbare Mann führte uns stundenlang durch unscheinbare Straßen, die seltsame Fassadenfolge der Häuser weckte in mir mehrfach Zweifel an der Ungestörtheit meines Gesichtssinns, obgleich ich dem Korn sowohl an diesem wie auch am Vortag nur unwesentlich zugesprochen hatte. Gegen Mittag entschuldigte sich der Mann für fünf Minuten und verschwand hinter der Tür eines Hauses, über der ein Schild mit der Aufschrift „Bildhauerei" aufgehängt war. Links neben diesem Haus stand ein Haus, das ihm glich bis auf Fenster und Türen, die als Attrappen ausgeführt waren. Nachmittags besuchten wir die Universität, die durch zwei gleichförmige Gebäude repräsentiert wurde. Wir betraten das rechte. In ihm lernten begabte Mädchen und Jungen, die sich, wie uns mitgeteilt wurde, mit einer Eignungsprüfung das Recht erworben hatten, an der größten und einzigen Fakultät des Eilands immatrikuliert zu werden. Nach acht bis zehn Semestern erfolgreichen Studiums konnten sie die Universität mit Staatsexamen als Lebenskunstlehrer für die Oberstufe, Diplomlebenskünstler oder Bildhauer verlassen. Als wir die Universität besichtigt hatten, überreichte uns der unscheinbare Mann eine schriftliche Einladung für eine Einweihungsfeier, die am Abend im eiländischen Palais stattfinden sollte. Wir nahmen die Einladung an, baten um einen Hilfszug und empfahlen uns wegen dringlicher Vorbereitungsarbeiten. Denn uns blieben nur drei Stunden, innerhalb deren Huldas Takelage, Reling und Ruder abgebaut, Wasser genommen, Feuer gemacht und die Maschine geputzt von den Pontons auf die Tiefladerchassis umgesetzt werden mußte, von den schwierigen Landemanövern ganz zu schweigen. Der Hilfszug verspätete sich, wie erwartet, aber wir fuhren dennoch pünktlich zur vereinbarten Zeit auf den großen eiländischen Platz, wo uns die Bevölkerung der Insel einen jubelnden Empfang bereitete. Ich grüßte wiederholt mit Zp1. Der lang entbehrte Geruch von Dampf, Kohlenstaub, Rauch, Petroleum und Öl sowie das rhythmische Schnauben der Luftpumpe hatten auch mich in festliche Stimmung versetzt. Reglerhebel und Steuerungsskala glänzten, im Wasserstandsglas spielte der Wasserspiegel, der Zeiger des Kesseldruckmanometers stand auf zehn, die Feuertür glühte. Als ich vor dem Portal des rechten Palais hielt, betraten die eiländischen Premiers den

Balkon und winkten. Ich winkte ebenfalls mit der rechten Hand und öffnete mit der linken den Hahn des Läutewerks. Vor dem Portal des linken Palais, das ebenfalls von Scheinwerfern angestrahlt war, stand ein großer, mit weißen Tüchern verhüllter Gegenstand. Ich kommandierte Alois ab zur Maschinenwache mit dem Auftrag, ein mittleres Reservefeuer zu halten, stieg ab und betrat in Begleitung meines Heizers und Ersten Offiziers Eugen das eiländische Palais. Die Wachen salutierten. Eine Kapelle intonierte die eiländische Nationalhymne. Ehrenjungfrauen, die die Aufgänge zu beiden Seiten säumten, warfen Storchschnabelblüten. Die Premiers empfingen uns an der Tür des Festsaals und geleiteten uns auf den Balkon, wo ich ihnen und der schaulustigen Menge, die inzwischen Hulda umringte, durch ein Mikrophon die verschiedenen Teile der Maschine, ihre Arbeitsweise und Wartung erklärte, an Hand eines kurzen Abrisses der zurückliegenden Weltreisen eine gewisse Vorstellung von der Leistungsfähigkeit, Unverwüstlichkeit und Verläßlichkeit dieser 1886 gebauten sächsischen Zweikupplernaßdampftenderlokomotive vom Typ YII T zu geben versuchte und Grüße aus Hilbersdorf überbrachte. Nicht enden wollender Beifall. Jeder Premier ergriff eine meiner Hände und schüttelte sie. Die Premiers trugen weiße Handschuhe, schwarze Uniformen mit Goldtressen, Schnüren und gestickten Kragenspiegeln, Kneifer und glichen auch sonst einer dem anderen. Ich trug meine Ausgehuniform, ein weißes, hartgestärktes Vorhemd und

einen schwarzen Seidenbinder. Eugen trug ein Mako-
hemd mit grauweißgestreiftem Einsatz und einen Gum-
mikragen mit am Kragenknopf befestigtem Plastik-
schlips, ich riet Eugen, sich im Hintergrund zu halten. Während den Fotoreportern Gelegenheit gegeben
wurde, Aufnahmen zu machen, befragten mich Journalisten nach dem Beginn meiner Karriere. Ich antwortete: „Lokomotivführer kann man nicht werden,
wie man Bäcker oder Fleischer wird, zum Lokomotivführer wird man geboren. Mein Onkel Felix zum Beispiel kam auf der Strecke Annaberg–Buchholz zur
Welt. In einem Personenwagen vierter Klasse. Seine
Mutter wollte zu ihren Großeltern reisen, als die
Sturzgeburt sie überraschte. Das Knäblein war in Ruß
und Zigarrenasche paniert, und die Lust zu leben
wollte sich nicht einstellen, sosehr man ihm auch den
Hintern versohlte. Als schon jegliche Mühe vergebens schien und die Mutter die Hoffnung auf einen
Sohn bereits begraben hatte, hielt ein findiger Kopf
das Neugeborene aus dem Fenster, zum Trocknen
vermutlich, denn an Tüchern fehlte es auch. Jedes
durchschnittliche Kind wäre unter diesen Umständen
erfroren, zumal der Winter ungewöhnlich streng war,
Felix jedoch, der an den Füßen, Kopf nach unten, aus
dem Abteilfenster gehalten wurde, pfiff der Fahrt-
wind gar traulich um die Ohren, daß er einen Freudenschrei ausstieß; so wurde er geboren." Als die
Journalisten den Freudenschrei notiert hatten, befragten sie mich über den weiteren Lebensweg meines
Onkels Felix. Ich antwortete: „Er erinnerte sich gern

und oft seines ersten Augenblicks, der nicht nur für sein, sondern auch für mein Leben von so entscheidender Bedeutung sein sollte. Und unsere Beziehungen zu Frauen erklärt. Denn ein geborener Lokführer lebt nur unterwegs. Schon als vierjähriger Junge war ich von früh bis spät auf den Straßen Hilbersdorfs unterwegs. Eines Tages lief ich meinem Onkel Felix in die Arme, der gerade vom Dienst kam. Er zog seinen harten Hut, denn er war ein sehr höflicher Mann, zu Kindern war er in trunkenem Zustand ausgesucht höflich, Erwachsene konnten froh sein, wenn er sie übersah, Onkel Felix preßte also die Krempe seines harten Hutes, den er auch auf der Maschine trug, gegen die Brust, verneigte sich und fragte, wohin des Weges. Ich teilte ihm meine Absichten mit, ich hatte eine besonders lange Strecke vor an diesem Tag, Onkel Felix erkannte, daß die mit Laufen nicht zu bewältigen war. Er riet mir, Lokomotivführer zu werden. Da ich die Ratschläge Erwachsener auf Grund von Erfahrungen prinzipiell skeptisch aufnahm, hatte Onkel Felix eine Weile zu tun, um mich von den Vorteilen dieses Berufs zu überzeugen. Wir passierten während dieser Weile nicht weniger als siebenundzwanzig Straßen und elf Kneipen. In den Kneipen bestellte Onkel Felix für sich Korn und für mich Rotwein. Damit ich viele rote Blutkörperchen bekäme, ein Lokomotivführer würde viele rote Blutkörperchen brauchen. Onkel Felix erklärte mir ihr Aussehen: kleiner Kopf, große Füße, Filzstiefel. Da ich seit langem von Filzstiefeln träumte und Onkel Felix um die seinen beneidete, sprach ich dem Rotwein kräftig zu. Wie ich nach Hause gekommen bin, weiß ich nicht mehr. Onkel Felix wüßte es auch nicht, wenn er noch lebte. Jedenfalls erwachte ich am anderen Morgen mit schwerem Kopf als Lokomotivführer. Ich schlug meinen um zwei Jahre älteren Zwillingsbrüdern, mit denen ich das Bett teilte, vor, sogleich aufzustehen, Waschen und Zähneputzen zu verschieben, das Frühstücksbrot in Zeitungspapier zu wickeln und mit mir eine Weltreise zu machen. Sie blieben natürlich liegen, der eine ist Tischler geworden und der andere Schmied, ich mußte die Reise allein antreten. Damals kam ich nur bis Ebersdorf, heute kenne ich bereits fünf Siebentel der Welt." Die Journalisten dankten, die Fotografen knipsten mich wieder mit den Premiers und mit Bildhauern, die zu Hunderten als Ehrengäste geladen waren, abschließend zeigte ich noch meine Uhr, die mir mein Onkel Felix testamentarisch vermacht hatte, keinen x-beliebigen Wecker, sondern eine Lokomotivführeruhr, die ungeachtet extremer klimatischer und geographischer Bedingungen stets genaue Hilbersdorfer Zeit angezeigt hat. Die Premiers interessierten sich lebhaft für das Stück. Es war auf seiner versilberten Rückseite mit dem Relief einer IIb Güterzuglokomotive der sächsischen Staatseisenbahn, gebaut von Hartmann 1872, geschmückt. Nach einer kurzen Ansprache eines Premiers, während der der andere Premier neben ihm stand und lautlos die Lippen bewegte, wurden wir zur Tafel gebeten. Die war reich bestellt mit Fleisch, Fisch, Kartoffeln, Kohl und Spezereien, das Hauptgericht, Roulade mit Rotkraut, wurde jeweils in doppelter Ausfertigung gereicht, das linker Hand servierte Gericht war aus Pappmaché. Dann wurde Wein geschenkt und getoastet. Mein Tischnachbar, der Dekan der lebenskünstlerischen Fakultät, brachte einen Toast auf die Premiers aus. Von ihm erfuhr ich, daß auf dem Eiland nur eineiige Zwillinge für dieses Amt in Frage kämen. Den Höhepunkt des Festes bildete die Enthüllung des Denkmals. Wir wohnten ihr auf dem Balkon, neben den Premiers stehend, bei. Der Marktplatz, auf dem sich mittlerweile Zehntausende von Menschen eingefunden hatten, lag unter Flutlicht. Ihre Münder rauchten. Auf den nassen Dächern der Häuser, die den Marktplatz säumten, spiegelte sich die Illumination der Palais. Erwartungsvolle Stille brach ein, als die Premiers die rechten Hände hoben. Der Dirigent des Symphonieorchesters, das auf der Freitreppe des linken Palais Aufstellung genommen hatte, hob den Taktstock. Unter den Klängen einer Paraphrase über das Thema „Ist denn kein Stuhl da, Stuhl da, Stuhl da, für meine Hulda rampam" wurden die weißen Tücher von dem vor dem linken Palais stehenden Denkmal gerissen. Ausrufe des Entzückens und Beifall mischten sich mit Feuerwerksdetonationen. Auch ich gab meiner freudigen Bewegung über die originalgetreue Nachbildung meiner Maschine Hulda durch spontanen Beifall Ausdruck. Als ich sie später besichtigte, gewahrte ich, daß sie massiv war. Massiv guß-

eisern.* Das linke Palais, die Dubletten der Markt-
gebäude und der übrigen eiländischen Häuser waren
betoniert. Während unseres Aufenthalts auf dem Eiland fanden täglich von Diplomlebenskünstlern orga-
nisierte Enthüllungs- und Einweihungsfeierlichkeiten
statt, so daß die eiländische Bevölkerung trotz geographischer und klimatischer Unwirtlich- und Ein-
förmigkeit an Kurzweil und Erfolgserlebnissen keinen
Mangel litt. Enttäuscht rüsteten wir uns zur Abfahrt.
Da eine hochqualitative Fütterung des Tigers wegen
des Eisbergverlusts nicht mehr gewährleistet war und
Eugen dem Tier nach dem Leben trachtete – vielleicht aus Berufung oder weil er für seine Frau einen
Pelzmantel billig erwerben wollte –, schenkte ich die
Großkatze bei unserer Verabschiedung dem eiländischen Zoo. Unter der Bedingung, daß am Käfig eine
Bronzeplatte mit den Namen der Spender angebracht
würde. Der Zoodirektor versprach außerdem, im Käfig eine originalgetreue Bronzenachbildung des Raub-
tiers aufzustellen, da die originalgetreue Nachzüch-
tung, an deren Problematik seine Mitarbeiter arbeiteten, noch nicht zu restlos befriedigenden Ergebnissen

---

* Das fünfte Traktat des Großvaters handelt von Pragmatismus und
hat folgenden Wortlaut: „Zwillingsgeschwister pflegen gern den Brauch,
sich gleich zu kleiden. Um aufzufallen, das heißt, um sich aufzuwerten.
Tatsächlich werten sie sich ab. Von Gegenständen sind Ersatzteile ge-
schätzt, nicht von Menschen. Widersinnigerweise, zu einsichtige Hand-
lungen verletzen unsere gesunden pragmatischen Illusionen. Angesichts der
sprunghaft wachsenden Erdbevölkerung muß der Mensch auf seiner Ein-
maligkeit bestehen, wenn er zufrieden zeugen und sterben will. Der Anblick gleich gekleideter Zwillingsgeschwister kann Gedanken auslösen, die
zu Unzufriedenheit führen. Das Entstehen solcher ungesunden Gedanken
sollten die Menschen kollektiv verhindern, indem sie neue Bräuche an- und
Mode abschaffen. Mode ist Mumpitz."

geführt hätte. Leichten Herzens schieden wir von Land und Leuten, lichteten die Anker und begaben uns bei Windstärke acht mit gerefften Segeln wieder aufs Meer. Das Meer ist die eigentliche Bestimmung des Lokomotivführers. Weil es ziemlich unendlich ist. Die Neugier des geborenen Lokomotivführers ist ziemlich unendlich. Mein Onkel Felix hatte sieben Frauen. Gleichzeitig. Er sang ihnen Seemannslieder vor und trank dazu Korn. Seemannslieder liebten die Frauen, Korn weniger. Als die Materialzille sich fast geleert hatte, rüsteten wir zur Heimreise. An den Zimt-, Pfeffer- und Kümmelinseln machten wir nur kurz fest, um einige Scheffel dieser Gewürze an Bord zu nehmen, da meine Frau Klara mitunter die nicht-kontinuierliche Belieferung des Konsums mit diesen Spezereien beklagte. Im Persischen Golf mußten wir abtakeln und Sturmsegel setzen. Dennoch folgten wir genau dem von mir berechneten Kurs und kamen von Küste zu Küste und von Insel zu Insel. Eines Tages, als wir mit unseren Gedanken bereits daheim bei unseren Familien weilten, sichtete ich in Lee einen in den Wellen treibenden Menschen. Mannüberbordmanöver. Als wir den Geretteten abgetrocknet, ins Bett gelegt und gefüttert hatten, gestand er uns, daß er kein Schiffbrüchiger, sondern ein Deserteur wäre. Auf der Halbinsel, die vom Schiffszug aus mit bloßem Auge zu erkennen war, fände eine Schlacht statt, der er sich durch die Flucht entzogen hätte. Da ich keinen Kanonendonner hören konnte, fragte ich, was für eine Schlacht. Eine Materialschlacht, antwortete der Deserteur. Nun wunderten wir uns noch mehr, denn wir konnten weder Detonations- noch Rauchpilze erkennen. Als der Deserteur nach dreitägigem todesähnlichem Schlaf erwachte, erzählte er uns, daß die Schlacht mit Worten geführt würde. Der Ladeschütze spräche ein Schimpfwort in die Kanone, die fokussierte es ähnlich einem Lasergerät und strahlte es in die feindlichen Linien, gute Schimpfworte durchbohrten selbst meterdicken Beton, die besten Kanoniere kämen aus Bayern. Auf meine Frage, ob es ihm leichtgefallen wäre, seine Heimat zu verlassen, antwortete der Deserteur, niemand der beiden kriegführenden Parteien wäre hier beheimatet, wem das Land ursprünglich gehört hätte, wäre ihm bedauerlicherweise entfallen, von der einheimischen Bevölkerung existierte jedenfalls niemand mehr. Er hätte auf seiten der religiösen Partei gekämpft, wo die Kanonen mit Flüchen geladen würden. Die heidnische Gegenpartei hätte mit gemeinen Schimpfworten gekämpft, die Wirkung wäre gleich furchtbar gewesen, so daß ihm der nasse Tod verlockend erschienen wäre. Dennoch wäre er glücklich über seine Rettung und sprach uns seinen tiefempfundenen Dank aus. Wir setzten den Söldner im nächsten Hafen gegen seinen Willen ab und segelten weiter. Über Calais, Kattegat, Skagerrak, bis wir wohlbehalten in Stralsund ankamen. Dort mußten wir einige Tage warten, weil der Schiffshebekran der Volkswerft defekt war. Dann fuhren wir weiter nach Hilbersdorf, wo ich meine Wohnung aufsuchte, meine Familie versammelte und die Freunde begrüßte. Alle wünschten mir Glück zur sicheren Heimkehr. Ich schenkte meiner Frau Klara sieben Scheffel Spezereien, verstaute die mitgebrachten Werte im Keller, nahm mein altes lustiges Leben wieder auf und vergaß bald alles, was ich erduldet hatte. Das war die Geschichte meiner fünften Reise und ihrer Wunder. Und wenn du morgen wiederkommst, will ich dir erzählen, was mir auf meiner sechsten Reise widerfuhr, denn es war noch erstaunlicher.

Also sprach Gustav der Weltfahrer. Gustav der Schrofelfahrer aber schlug sich auf die Schenkel, daß Staub aus dem Hosenstoff wölkte, und der Keller hallte wider vom Gelächter des Gasts. Dann beklagte er sein Schicksal, das ihn berufsmäßig verurteilt hätte, anderen Leuten Dreck nachzuräumen und seine Jahre zwischen Mülltonnen und stillgelegten Steinbrüchen zu verbringen. „Steinbrüche gehören zu den erregendsten Orten dieser Erde", sagte der Weltfahrer. „Wenn man in ihren Grundwassern baden kann", sagte der Schrofelfahrer. „Wenn sie zugeschüttet werden", sagte der Weltfahrer, „ich beneide dich um deinen Beruf." Der Schrofelfahrer verbat sich solchen Hohn und gestand seinem Namensbruder, daß er nicht übel Lust hätte, ihn in den Müll zu schmeißen. Der Weltfahrer bezeichnete den landläufigen Begriff Müll als von Blinden geprägt. Ein Kanker stelzte über die Vorderzange der Hobelbank. Aus der Muffe des Fallrohrs sickerte Wasser. Der Weltfahrer rollte zwei blaue Funken aus seinem rechten Auge und fünf aus seinem linken. Dann behauptete er, die Erde könnte nichts entbehren. Dessenungeachtet gäbe es jedoch mehr als genug unbegabte Leute, die sogenannten Müll in den Weltraum zu schießen beabsichtigten. An geeigneten Raketen würde allen Ergebnissen der modernen Müllverwertungswissenschaft zum Trotz offenbar bereits gearbeitet. Diese Wissenschaft unterschiede erstens organischen Unrat, zum Beispiel Blumen, zweitens unorganischen Unrat, zum Beispiel Blech, und drittens organisch-unorganischen Unrat, zum Beispiel Sofas. Da viele Menschen, vor allem in den Großstädten, mangels Zeit, Keller oder Phantasie nicht in der Lage wären, den anfallenden Reichtum selbst zu sichten, nach Bestandteilen zu ordnen und zu lagern – der Blick für die eigentlichen Werte der Erde wäre häufig getrübt –, müßte die Verwertung in der Zukunft fabrikmäßig betrieben werden. Extensiv, Unratbestandteile, deren Wert weniger vom Material als von der Form bestimmt wäre, könnten großbetrieblich begreiflicherweise nicht optimal verwertet werden. Das würde ihn als Weltfahrer jedoch nicht hindern, den sogenannten Müllverbrennungsofen ungeachtet seines Namens prinzipiell als nützliche Einrichtung zu bejahen. Zum Abschied schenkte Gustav der Weltfahrer Gustav dem Schrofelfahrer eine Unze Pfeffer und bedauerte, auf der letzten Reise keinen Urlaubsplatz gefunden zu haben. Weil sich die Hulda-Besatzung eigensinnigerweise damit nicht abfinden wollte, hätte sie, von Gerüchten über die paradiesische Gegend angelockt, in Hawaii festgemacht. Das wäre schon schwierig gewesen, da die besten Strandstücke der US-Armee gehörten. Deren Truppen verbrächten dort nämlich, sofern sie in Vietnam kämpfen müßten, einmal jährlich sechs Tage Urlaub mit Frauen und Kindern. Die Frauen und Kinder würden für den halben Flugpreis von Kalifornien eingeflogen und bekämen den Urlaub mit turbulenten Ausflügen, Delphinfütterungen, Wellenreiten, Katamaransegeln, Besichtigung des größten Meeresmuseums der Welt und anderen Lustbarkeiten fast kostenlos, die Soldaten kostenlos. Hulamädchen begrüßten die Soldaten bei der Ankunft. Wegen des heftigen Marihuanaschmuggels würden die Frauen nicht gern auf dem Flugplatz gesehen, sie erwarteten ihre Männer meist am Busbahnhof. Manche warteten vergebens. In schönen Kleidern, wer sich am Ankunftstag trauen ließe, hätte noch fünf Flittertage. Dann wie alle die Hoffnung, nicht der vierte Mann zu sein, weil jeder vierte aus Vietnam als Krüppel oder nicht zurückkehrte, der Weltfahrer hätte sich schnell von dieser paradiesischen Insel des Schreckens gewandt. Und sich wieder mal geschworen, Gerüchten nie zu trauen. Der Schrofelfahrer begab sich, staunend über das, was er vernommen hatte, zum Park. Dort fand er die Arbeiter schlafend auf der blauen Bank. Er weckte sie, machte sich mit ihnen an die restliche Arbeit und erwartete den Feierabend mit Geduld. Abends tanzte er mit seiner Frau nach Rundfunkmusik einen Foxtrott. Dann trug er sie aufs Bett, entkleidete und küßte sie, ließ sich entkleiden und küssen und konnte sich nicht entschließen, das Licht zu löschen. Nach Mitternacht schlief er ein und schlummerte, bis die Tochter ihn weckte aus seltsamen Träumen. Ungern stand er auf, pfiff beim Waschen eine Rundfunkmusik und aß Sauermilch mit Pumpernickel. Dann machte er sich an sein Tagewerk, transportierte bis zur Mittagspause den Inhalt von nicht weniger als hundertneun Tonnen in den Steinbruch, das waren drei Fuhren. Als er die dritte Fuhre hydraulisch abgeladen und der Wind die braune Staubwolke davongetragen hatte, sah er einen metallischen Gegenstand aus der Asche blinken. Er stieg ab, bückte sich, rätselte, bohrte mit einer Schuhspitze in der Asche, wandte sich, kam zurück, bückte sich wieder und begann zu graben. Er legte einen verzinkten Einkochtopf frei. Dessen Deckel, der im Mittelpunkt ein kreisrundes Loch hatte, überreichte er Gustav dem Weltfahrer, als er ihn zu gewohnter Zeit in seinem kühlen Keller besuchte. Der Weltfahrer dankte ihm freudig bewegt für das Geschenk, indem er ihn in die Arme schloß und mit beiden Händen beide Schulterblätter des Gasts schlug. Dann ordnete er den Deckel der Wertsammlung zu, die im Regal über der Kartoffelhorde untergebracht war und von rechts nach links Gegenstände aus Kupfer, Messing, Blei, Zink, Zinn, Stanniol, Gußeisen und Schmiedeeisen umfaßte. Wenig später erschien Klara mit dem großen schwarzen Suppentopf. Als die Männer die nach Kümmel duftende Suppe verzehrt hatten und gesättigt waren und heiter, erzählte Gustav der Weltfahrer mit ähnlichen Worten

Die sechste Reise
Gustavs des Weltfahrers

*Wodurch dem Schrofelfahrer drastisch der Kopf er-
kältet wurde, was seine Heimatgefühle erhitzte.*

Nach der Heimkehr von meiner fünften Reise lebte
ich eine Weile in Genuß und Heiterkeit, und ich vergaß, was ich erduldet hatte. Unserer Rentnerbrigade
wurde in einem Volkskorrespondentenbericht des Be-
zirksblattes lobende Erwähnung zuteil. Auf den Tanz-
abenden des Veteranenklubs, die ich regelmäßig besuchte, lernte ich eine schöne Siebzigerin kennen, die
wenige Wochen später einem Gehirnschlag erlag. Enkelin Jutta war Diplomchemikerin und Mutter eines
schwarzhäutigen Babys geworden. Weltnachrichten
vom Deutschlandsender informierten mich dreimal
täglich über die hiesige Wirtschaft, Lagen auf welschen
Kriegsschauplätzen und Wettervorhersagen. Bahn-
baubrigaden strickten die Luft über dem Hauptbahnhof ein wie mein Vater Töpfe. Eines Tages besuchten
mich zwei Lokomotivführer mit ihren Heizern, deren
rußgeschwärzte Gesichter von Diensten sprachen, und
plauderten mit mir von verschiedenen Strecken, Ver-

spätungen und Unfällen. Da erinnerte ich mich meiner Heimkehr und der Freude, als ich mein Hilbersdorf wiedersah. Und ich sehnte mich nach Fernen und Weiten. Neugiergetrieben beschloß ich, abermals eine Reise zu unternehmen. Eugen und Alois waren bereit, als ich mich gezwungenermaßen herbeiließ, ihre Heuer zu erhöhen. Wir rüsteten gemeinsam den Zug. Kurz vor der Abreise buk Alois einen riesigen Pflaumenkuchen, von dem unter normalen klimatischen Bedingungen mindestens die Hälfte verdorben wäre, so daß ich mich genötigt sah, das Reiseziel zu ändern. Das neue Ziel erforderte, Hulda, Tender und Waggons mit Rotoren zu bestücken. Der Antrieb der Drehflügel erfolgte nach dem Rückstoßprinzip durch einen an den Spitzen der Drehflügelblätter austretenden Dampfstrom. Den im Kessel der Maschine Hulda erzeugten Dampf leitete ich mit Rohren zu den Blattspitzen, wo er durch Düsen austrat und die Hubschrauben in Drehungen versetzte. Die Hubschrauben, die ich auf die Dächer montierte, bestanden nicht, wie gewisse Hilbersdorfer behaupten, aus zwei, sondern jeweils aus drei Flügeln. Um meinen Zug bei Ausfall des Antriebs vor dem Absturz zu bewahren, baute ich eine Schalteinrichtung, durch die sich die Drehflügel während des Fluges von der Antriebsanlage trennen ließen, so daß sie sich dann wie beim Tragschrauber im Luftstrom mitdrehten und der Zug langsam zu Boden gleiten konnte. Weil das Fluggepäck pro Person dreißig Kilo nicht überschreiten durfte – der Zug allein wog mehr als vier Hubschrauber –, war die

Reisedauer auf drei Wochen einschließlich Hin- und Rückflug bemessen. Den Hin- und Rückflug erledigten wir ohne Zwischenlandung, um nicht unnötig Zeit zu verlieren. In meinem Alter kann man Zeit nur noch auf Entdeckungsreisen verschwenden. Die Pole waren längst entdeckt. Wir überflogen sie mehrmals von rechts nach links und von oben nach unten. Was wir sahen, war witterungshalber meist unübersichtlicher als die Karte in meinem Lexikon. Plötzlich sichteten wir im Meer weiße Buchstaben, die sich, mit dem Feldstecher betrachtet, als Eisberge darstellten und, gruppiert gelesen, zur Landung in Frigiderien einluden. Wir nahmen die Einladung an und landeten auf dem nahe gelegenen Flugplatz. Seine Rollbahnen waren von so glattem Eis, daß ich bremsen mußte, bis die Bremsklötze tropften. Wir fingen die Flüssigkeit in Kochgeschirren auf und nahmen sie später löffelweise zu uns, dreimal täglich einen Teelöffel vor den Mahlzeiten, ohne Eisen hätten wir die Strapazen dieser Reise nicht überstanden. Auf dem Dachtransparent des Flughafengebäudes stand mit weißen Lettern geschrieben: „Willkommen auf der Insel des hochwertigen ewigen Eises." „ewigen" war durchgestrichen. Sobald die Tragflügel zum Stillstand gekommen waren, näherte sich eine Gruppe in Pelz gehüllter Gestalten im Gleichschritt, zu dem eine Kapelle verhalf. Deren Musikinstrumente waren beheizt, um Frostschäden an Melodie und Rhythmus zu verhindern; jeder Ton wurde von einem Funken begleitet, dem Schallbecher der Tuba entflogen bisweilen Funkengarben, die einer braunkohlenbeheizten Lokomotive zur Ehre gereicht hätten. Als die eisige Luft von der heißen Musik etwas erwärmt war, warfen die Gestalten ihre Pelze ab und tanzten. Mit dem Bauch, wir sahen zwei Dutzend weibliche Bäuche wackeln. Da wurde auch uns warm. Hostessen halfen uns aus der Maschine, schüttelten sämtliche Hände und schoben jedem von uns ein Lineal zwischen Kleidung und Rücken. Dann wurden wir in Pelze geknöpft und in die Empfangshalle des Flughafengebäudes getragen. Dort erwarteten uns andere pelzuniformierte Damen, die uns Formulare aushändigten und baten, diese freundlicherweise ausfüllen zu wollen. Die Formulare fragten nach Namen, Vornamen, Geburtstag, Geburtsort, Wohnort, Straße, Hausnummer, Telefonnummer, Paßnummer, Kontonummer, Nationalität, Frostungsdauer, Frostungsklasse, Zufrost und Sonderwünschen. Wir beantworteten alle Fragen bis auf die letzten vier. Dann reichten wir die Formulare einem pelzlivrierten Herrn. Der dankte lächelnd und bat uns, nie ohne Lineal ins Freie zu gehen, da selbst die dicksten frigiderischen Pelze bei derartigen Kältegraden Bruchschäden nicht verhindern könnten, junge Damen mit schlanken Taillen wären besonders gefährdet. Unlängst wäre eine Amerikanerin, die seine Warnungen in den Wind geschlagen hätte und ohne Lineal gegangen wäre, auf dem Parkplatz des Trocadero in zwei Teile zerbrochen, als sie sich nach ihrem Schuhband hätte bücken wollen. Wir versprachen, den Rat zu beherzigen, der Herr las die Formulare, stempelte sie, nahm uns Pelze und Lineale ab und ging grußlos von dannen. Als er nach drei Stunden nicht zurückgekehrt war, verließen auch wir diesen Ort, schlotternd, ohne Schuldgefühl, doch nachdenklich. Um nicht zu Schaden zu kommen, fertigte ich mir und meinen Heizern aus dem Stock einer Fliegenklatsche, die ich augenblicklich nicht brauchte, da nur noch eine Fliege den Wohnwagen belebte, Linealersatz. Außerdem empfahl ich vor dem Verlassen des Wohnwagens togaartiges Anlegen des Deckbetts. Als ich mit dieser Ausrüstung in den Straßen Frigideriens lustwandelte, fragte mich eine ältere Dame französisch, was ich für den Tag nähme. Obgleich schlagfertig, war ich diesmal um eine Antwort nicht wenig verlegen, da ich ihre Frage mißverstand. Schließlich gestand ich ihr, daß es mit meinen Ehrbegriffen unvereinbar wäre, sich Aufmerksamkeiten honorieren zu lassen, selbst wenn sie mit Arbeit verbunden wären, woraufhin sie mir gestand, daß sie Furcht hätte, sich allein frosten zu lassen, aber nicht über genügend Geldmittel verfügte. Wir schieden als Freunde. Da die mitgeführten Kartoffeln in der Horde erfroren waren, gingen Alois und ich mittags in ein Restaurant. Wir bestellten Sauerbraten und grüne Klöße. Nach dem Essen trugen uns die Kellner eine auf einem silbernen Tablett stehende Dame auf. Der Geschäftsführer erklärte uns, daß das Ausziehen einer Dame zum Mittagsgedeck eines jeden anständigen frigiderischen Restaurants gehörte. Um kein Aufsehen zu erregen, zogen wir die Dame also völlig aus, warfen ihre Kleidungsstücke,

dem Beispiel anderer Gäste folgend, über die linke
Schulter, legten die Hände kurz auf Brüste und Hinterbacken und zahlten sechs Eismark. Für elf Eismark
durfte man der servierten Dame die Haut abziehen
und die Hände auf Leber, Galle, Milz und andere
Innereien legen.* Für fünfzehn Eismark durfte man
die Milz behalten. Da ich nur unorganische Werte
sammle, sparte ich das Geld, das Hulda inzwischen als
Schauobjekt verdient hatte, die Kunden der frigiderischen Lohnfrosterei waren schausüchtig. Obgleich die
gesamte Bevölkerung Frigideriens für das Unternehm-
men arbeitete, konnte der Kundenandrang nicht be-
wältigt werden, so daß Wartezeiten von zwei bis drei
Monaten keine Seltenheit waren. Die Kunden nutzten
diese Zeit, fraßen, soffen, hurten und fielen mit gieri-
gen Augen über meinen Zug her, ich schröpfte sie,
so gut ich konnte. Für hundert Eismark zeigte ich
lediglich den Materialwagen, der diesmal zur Hälfte mit
Kohlen beladen war, um große Entfernungen ohne
Zwischenlandung bewältigen zu können, die Damen
und Herren waren bereits von einem halben Waggon
Werten stark beeindruckt. Ich schilderte ihnen meinen
Keller und versäumte nicht, an die Zustände in Okla-
homa City zu erinnern, die nur jedem siebentausend-
sten Bewohner den Besitz eines Kellers ermöglichten.
Alois schwieg, später drehte er sich auf der Straße
nach einem Auto um. Ich hielt mehrere pelzumhüllte

* Schwarzer Humor, wie er hier und an anderen Stellen der Geschichte
zutage tritt, ist mit meiner humanistischen Gesinnung vereinbar, da
schwarzen Zuständen gemäß. Humor anderer Tönung hellt schwarze Zustände
optisch auf: verharmlost.

Autos an und sprach mit ihren Besitzern über die Schönheiten der Reichsbahnlokomotiven. Ein Kanadier kaufte mir die Idee Hulda für fünfhunderttausend Dollar ab. Diese Summe, die ich für das Ergebnis eines guten Geschäfts hielt, machte mich von den erlebnisgierigen Kunden der Lohnfrosterei unabhängig und ermöglichte mir, finanzieller Sorgen ledig, bei Nordlicht die imposanten Eisbauten des Landes zu besichtigen. Manche Leute fahren in ein fremdes Land, trinken einen Tag lang Bier in einer Kneipe, fahren wieder nach Hause und geben dort detaillierte Berichte über Land, Leute und Lage. Ich erzähle nur, was ich mit eigenen Augen gesehen habe. Die öffentlichen Eisbauten zum Beispiel besichtigte ich sämtlich aus ziemlicher Nähe. Sie waren in Kunst- und Natureis aufgeführt. Manche strömten eine derartige Kälte aus, daß einem der Blick gefror, wenn man den behördlich empfohlenen Sicherheitsabstand von zwei Metern wesentlich unterschritt. In der belebten City war das nicht gefährlich, dort eilte dem schreienden Passanten bald ein Sicherheitspolizist zu Hilfe und befreite ihn mit dem Eispickel aus seiner mißlichen Lage. In den schwach besiedelten Vororten dagegen, wo die Frostungsgesellschaft ihre Werke und Lager hatte, passierte hin und wieder ein Unfall. Bisweilen wurde der Verunglückte erst nach Tagen gefunden, mancher Ahnungslose, der nach dem Gefrieren des ersten Blicks nicht sofort den Eisfaden durchschlug und sich entfernte, war schon, mit Tausenden von Eisfäden, die nach und nach taudick froren, an ein Bauwerk gefesselt, einen qualvollen Tod gestorben. Kälte solcher Größenordnung wirkt ähnlich verheerend wie der Starkstrom in den Eisenbahnoberleitungen, wer als Dampflokomotivführer Strecken mit Oberleitungen befahren muß, steht mit einem Bein im Grab, ich bin froh, daß ich pensioniert bin. Als ich eines Tages mit vereistem Deckbett und Bart von einem Spaziergang zurückkehrte, erwartete mich ein pelzlivrierter Herr vor der Wohnwagentür. Er gab sich als Vertreter der Lohnfrosterei aus und wollte im Namen seiner Firma mit mir einen Frostungsvertrag abschließen. Ich entgegnete, daß ich nicht wüßte, wovon die Rede wäre, und bot ihm einen Schemel an. Er breitete Prospekte auf dem Tisch aus. Die enthielten unter anderem folgende Aufstellung:

Grundgebühren (pro Monat):

1. Klasse = Preisstufe VI . . . . . 7,— Eismark
2. Klasse = Preisstufe V . . . . . . 4,— Eismark
3. Klasse = Preisstufe IV . . . . . 2,75 Eismark
4. Klasse = Preisstufe III . . . . . 2,— Eismark
5. Klasse = Preisstufe II . . . . . 1,10 Eismark
6. Klasse = Preisstufe I . . . . . . 0,50 Eismark

Zufrostaufschläge (pro Monat):

Pinguin . . . . 0,25 Eismark
Seehund . . . . 0,40 Eismark
Eisbär . . . . 1,20 Eismark
Mensch . . . . 100–170 Eismark

Der Vertreter sagte, daß seine Firma für hundertdreißig Eismark schon sehr gefälligen menschlichen Zufrost liefern könnte, die Preise richteten sich nach Schönheit, Begabung, Fähigkeiten sowie nach Angebot und
Nachfrage. Da Frauen sich häufiger einsam fühlten als
Männer, wäre männlicher Zufrost im allgemeinen teu-
rer, am teuersten wären Ärzte und schöne ledige
schlanke Frauen unter dreißig Jahren mit über hundertzehn Zentimeter Oberweite oder Hochschulstu-
dium. Er könnte mir allerdings bereits für hundert-
achtundfünfzig Eismark ein wunderschönes einmaliges
Angebot machen. Ich teilte ihm mit, daß ich sowohl
im allgemeinen als auch im besonderen nicht inter-
essiert wäre, da ich das Künstliche prinzipiell ab-
lehnte.* Ich hielte es für ungesund. Maggiwürze
dürfte meine Frau Klara nicht verwenden, ich könnte
mir nicht vorstellen, daß Einfrosten gesund wäre,
denn mein Reißen im rechten Schulterblatt, ein vom
Zugwind verursachtes typisches Lokführerleiden,
hätte sich während des siebentägigen Aufenthalts in

* In seinem sechsten Traktat, über das Altern, schrieb mein Großvater:
„Einer gewissen Gerontologie und ähnlichen Bestrebungen, die sich mit un-
natürlicher Lebensverlängerung beschäftigen, bringe ich Verachtung entgegen. Wer nicht altert, hat kein Zeitgefühl. Wer kein Zeitgefühl hat, trödelt.
Kostbar, köstlich ist nur, was begrenzt verfügbar ist. Solange stündlich auf
dieser Erde 1140 Kinder verhungern, sind Lebensverlängerer verantwortungs-
lose Egoisten. Ich treibe den Empfehlungen meines Staates gemäß wöchent-
lich zwei Stunden Sport. Bei Lokomotive Hilbersdorf in den Disziplinen
Waldlauf, Schwimmen und Kugelstoßen. Auch Holzhacken zähle ich zu
natürlich lebensverlängernden Betätigungen. Leute, die unfähig sind, sich
dem Leben hinzugeben, vielmehr mit zwanzig Jahren vierzig sein wollen
und mit sechzig dreißig, erscheinen mir bedauernswert. Schwächlich. Lächerlich. Auch feige. Vor allem mangelt es ihnen an Weisheit und der Fähigkeit,
Abenteuer zu genießen. Die wirksamste Maßnahme zur Verlängerung des
menschlichen Lebens ist die Abschaffung der Kriege."

Frigiderien bereits derart verschlimmert, daß selbst Senfpflaster nicht mehr anschlüge. Hundert Jahre Einfrosten würde für mich eine Verschlimmerung des Reißens auf das Fünftausendzweihundertvierzehnfache bedeuten, wenn man das Jahr mit dreihundertfünfundsechzig Tagen berechnete. Der Vertreter breitete neue Prospekte über die Betten und zog seine Jacke aus, wodurch er ein Drittel seines Volumens einbüßte. Ich trug eine Badehose, die achtzig Zentimeter starke Eisschicht, die Wohn- und Materialwagen umgab, isolierte so gut, daß die Hitze, die der Kanonenofen warf, ausreichte, um den Waggon sommerlich zu erwärmen. Wir feuerten den Ofen mit Robbenspeck. „Ich garantiere Ihnen im Namen meiner Firma, daß Sie von dem Reißen, selbst wenn es sich um das Fünftausendzweihundertvierzehnfache verschlimmern sollte, was ich bezweifle, nichts spüren werden", sagte der Vertreter, „außerdem können Sie jederzeit reklamieren. Wenn Mängel auftreten, was bisher noch nicht geschehen ist, zahlen wir dem Kunden nicht nur sein Geld zurück, sondern auch Schadenersatz, entscheiden Sie sich also bald, der Andrang ist enorm." Ich entschuldigte mich, warf mir das Deckbett togaartig über und machte einen Kontrollgang. Hulda stand jedoch in Flammen, zur Verhinderung von Frostschäden, die unweigerlich den Tod einer Maschine zur Folge haben, hatte ich angeordnet, Hulda Tag und Nacht mit Fischtran zu begießen, der in Frigiderien im Gegensatz zu sämtlichen anderen Waren preiswert zu kaufen war. Alois stand etwa

133

sechs bis sieben Meter von der Maschine entfernt, schöpfte mit einem suppenkellenartigen Gerät Tran aus einem Zuber und begoß damit langsam die gefährdeten Stellen, wie man einen Braten begießt. Der Kellenstiel maß elf Meter, wenn der Tran erlosch, entzündete Alois ihn wieder mit seinem Feuerzeug, ich klopfte ihm anerkennend die Schulter und kehrte in den Wohnwagen zurück. Dort hatte der Vertreter Eugen bereits von der frigiderischen Anabiose überzeugt. „In Zukunft wird es keine Friedhöfe mehr geben, sondern nur noch Lagerhallen für menschliche Körper", sagte Eugen begeistert, „wenn du deine Stunde herannahen fühlst, läßt du dich einfrosten und so lange lagern, bis ein Mittel gegen die Krankheit gefunden ist, an der du fast gestorben bist." – „Ich bin kerngesund", sagte ich. „Um so besser", sagte der Vertreter. „Wir erfüllen selbstverständlich auch kleinere Wünsche, eine unserer Kundinnen zum Beispiel möchte die Wiederkehr ihres himmlischen Bräutigams erleben, eine andere die Landung auf dem Pluto, Herr O'Conell aus Philadelphia will seine sprachgewaltige Frau um einen Tag überstehen, während eine Dame aus Neuruppin die Zeiten, da die Kunst des Beischlafs in Verfall geraten ist, lieber in einer Eiskatakombe hinbringen will." Ich warf zwei große Speckseiten in den Kanonenofen. Der Vertreter zog sein Oberhemd aus und empfahl mir die gemeine Schneekatakombe in Grabform zu 0,50 Eismark pro Monat. Sodann in der Reihenfolge der Aufzählung die geschüttete Schneebergkatakombe, die Schneeberg-

katakombe, echt, wie die Natur sie gibt, die Eiskatakombe in angelegtem Eisberg, die Eiskatakombe,
Natureis triftend, und die Gletschereiskatakombe. Die
beiden letzteren bezeichnete er als die gefragtesten
beziehungsweise teuersten. Weil die überwältigende
Mehrheit der Kundschaft fleißig wäre. Die Gewißheit,
daß der gefrorene Körper bewegt wird, empfände der
normale Mensch als zusätzlichen Zeitgewinn, ein
Phänomen, das den Frostungszustand vom Todeszu-
stand grundsätzlich unterschiede. In einer triftenden
Eisbergkatakombe oder in einer Gletscherkatakombe
könnte der Kunde die Frostungszeit mittels Reisen
nutzen. Er hörte, sähe und fühlte zwar nichts von den
Reisen, aber die Bewegungen seines Körpers würden
ständig von Hubschraubern gewissenhaft kontrolliert
und von diplomierten Statistikern aufgezeichnet. Nach
dem Auftauen könnte der Kunde in seinen Akten lesen, welche Gegenden er bereist und wie viele Kilometer er zurückgelegt hätte, für den fleißigen, an seinem Vorwärtskommen interessierten Kunden, der es
sich finanziell leisten könnte, wäre die erste beziehungsweise zweite Frostungsklasse schlechterdings
ideal. Der Vertreter fragte uns, ob wir nicht auch vorwärtskommen wollten, beim Sprechen hob er die
Oberlippe beiderseits der Mundwinkel und stieß die
Worte durch die schmalen Öffnungen, das auf diese
Weise erzeugte Nebengeräusch klang wie ein undich-
ter Bremsschlauch. Ich antwortete, ich wäre zwar mit
der Welt nicht zufrieden, sähe jedoch keinen Grund,
mich ins einundzwanzigste Jahrhundert hinüberfrosten

zu lassen, da das Ende der Dampflokomotiven gekommen wäre. „Ausgezeichnet", sagte der Vertreter, „in diesem Fall empfehle ich Ihnen, keinen Frostungsvertrag auf Zeit, sondern einen auf ewig zu schließen. Wir bedienen Sie in zwei Klassen, zweiter Klasse Stufenpyramidenform, erster Klasse Pyramidenform mit glatten Seiten und Kanten." Der Vertreter entfaltete Prospekte mit verschiedenen Eispyramidenansichten. Ich verfeuerte einen Filzstiefel. Als der Vertreter auch sein Unterhemd ausgezogen hatte und wir uns nackt bis zum Gürtel gegenübersaßen, sagte er, damit wäre der entscheidende Schritt für die Abschaffung der Gleichmacherei getan. Bisher hätte der Tod alle gleichgemacht. Jetzt könnte die bahnbrechende Erfindung seiner Firma einen jahrtausendealten Menschheitstraum technisch perfekt erfüllen, sagte der Vertreter, er stand bis an die Knöchel im eigenen Schweiß. „Wer heute standesgemäß sterben will, läßt sich für eine Million Eismark ewigfrosten. Die Eispyramide – der Selbstmord für Millionäre, schließen Sie ab, wenn Sie sich morgen nicht über eine verpaßte Gelegenheit ärgern wollen." Der Wohnwagen erzitterte von der gewaltigen Stimme des Vertreters. Knistern, hinter dem Fenster klaffte ein Riß im Eispanzer. Ich hob eine Falltür, zog einen Quadratmeter Pflaumenkuchen aus der Vorratskiste, hackte die Eisplatte mit der Axt in Scheite und füllte damit den Kanonenofen. Zischen, explosionsartige Geräusche, spärliche Dampfentwicklung. Die Butterstreusel warfen eine derartige Hitze, daß der Ofen bis zu den krummen Beinen hinunter weiß erglühte. Drei Minuten später war der in der Nähe stehende Tisch auf zwei Drittel der ursprünglichen Größe zusammengetrocknet, und der kältegewohnte Vertreter empfahl sich. Ich befahl ihm, Alois abzulösen. Als ich Alois mit Scheuerbürste und Kernseife gewaschen hatte und der Fischtrangeruch noch immer nicht von ihm gewichen war, rieb ich ihn mit Speckschwarte ein. Der Duft weckte Sehnsucht nach meiner Frau Klara, ich roch sie am liebsten, wenn sie geräucherten Speck gebraten hatte. Wir bezogen die Deckbetten mit frischen Damastbezügen, legten sie togaartig über unsere Ausgangsuniformen und besuchten das frigiderische Vergnügungsviertel. In einem Musikrestaurant mieteten wir einen Rauchapparat. Diese sinnreiche Maschine, deren Lizenzbau ich dem VEB Großdrehmaschinenwerk meiner Heimatstadt für sein Massenbedarfsgüterprogramm dringend empfohlen habe, nahm dem Menschen die Arbeit des Rauchens weitgehend ab. Dadurch kam er in die Lage, zwei, sechs, zehn, sechzig und mehr Zigaretten auf einmal zu rauchen, er konnte auch entsprechend viele Zigarren und Pfeifen rauchen oder Zigarillos, Zigarren und Pfeifen gleichzeitig, der Apparat kostete pro Stunde eine Eismark Miete. Wir mieteten ihn eine halbe Stunde und tranken eine Flasche Korn. Finanzkräftige Gäste tranken nicht selbst, sondern mieteten einen Trinker. Man konnte sich auch einen Esser, einen Tänzer und einen Musikhörer mieten oder einen, der einem die gesamte Last des Lebens einschließlich schlafen abnahm, der Service war in Frigiderien hochentwickelt. Die frigiderischen Couturiers schufen aus unserer der Not entsprungenen Gewohnheit des Bettogatragens eine Mode, elf Tage nach unserer Ankunft waren nicht nur die Fenster der führenden Modehäuser, sondern auch die Regale der Kaufhäuser mit Bettzeug gefüllt. Nachts wurde jeder von uns von je zwei Frauen besucht. Eine wartete vor Mitternacht auf, nach Mitternacht kam die Ablösung, kostenlos, die Damen behaupteten, das wäre im Preis einbegriffen. Da wir nicht unhöflich sein wollten, ließen wir sie gewähren. Als unsere Betten kaputt waren, sagten wir den Damen, wir wollten abreisen. Die Damen schimpften uns Betrüger und entfernten sich schreiend. Wenig später erschien der Vertreter, beschlagnahmte mein gesamtes Vermögen, das ich durch den Verkauf der Idee Hulda und als Schausteller verdient hatte, und verlangte 473 Eismark pro Nacht und Dame oder die Unterschrift unter den Frostungsvertrag, der Damenservice stünde nur Frostungswilligen zur Verfügung, bei Zahlungsunfähigkeit Frostungszwang. Es gelang mir überraschenderweise, eine Verschiebung der Unterschriftenleistung um vierundzwanzig Stunden mittels Hinweis auf den infolge starker Beanspruchung durch die Damen entstandenen Muskelkater zu erwirken. In diesen Stunden beschaffte ich das Geld. Rigoros, Vorträge wechselten mit Modenschauen und Führungen, bisweilen fanden drei Veranstaltungen gleichzeitig statt, ich philosophierte über das Thema „Die Dampflokomotive als Gesprächspartner", Alois zeigte das ordnungsgemäße Anlegen und Tragen der Bettoga, Eugen zeigte den Zug, einmal pfeifen 20 Eismark, einmal auf dem Führerstand stehen 50,20 Eismark, einmal die Feuerbuchse öffnen 10 Eismark, feuern 15,70 Eismark, ein Blick in den Materialwagen 18 Eismark, kurze Einführung in das System der Wertelagerung 120 Eismark, buntes Programm pro Person 387 Eismark, die Frostungswilligen drängten sich zu Tausenden. Wir nahmen 15 901,20 Eismark ein. Unsere Schuld betrug 15 609 Eismark. Der Vertreter nahm das Geld feuchten Augs und beklagte sich in einem Anfall von Wehmut bitter über die strengen Geschäftssitten seiner Firma, die erfolglose Mitarbeiter zwangsfrostete. Um dem angstgepeinigten Mann entgegenzukommen, erklärte ich mich bereit, unsere Fliege für 292,20 Eismark frosten zu lassen, das war der Rest. Die Fliegenfrostungsgebühr der siebten Klasse betrug pro Tag 0,008 Eismark, der Vertrag lief demzufolge, wie sich leicht errechnen läßt, auf hundert Jahre und fünfundzwanzig Tage. Ich unterzeichnete als Rechtsvertreter der Fliege. Vor dem Abflug statteten wir der Schneekatakombe in Grabform, in der die inzwischen überraschend schnell gefrostete Fliege ruhte, einen Besuch ab und legten auf dem Hügel Brotkrumen nieder. Als mein Helikopterverband fünfhundert Meter Höhe erreicht hatte, kreiste ich dreimal über dem Gewerbesitz der frigiderischen Lohnfrosterei GmbH und warf eine Depesche ab, in der die Machenschaften der Firma angeprangert waren. Erleichtert flogen wir heimwärts und landeten wohlbehalten auf der Schlakkenhalde des Hilbersdorfer Lokfriedhofs. Zu Hause feierten Familie und Freunde meine Wiederkehr und sprachen dem aufgetauten Pflaumenkuchen zu, bis er aufgezehrt war. Sodann überließ ich mich dem Genuß und der Freude und vergaß alles, was ich erduldet hatte. Das also, Bruder, war die Geschichte meiner sechsten Reise. Morgen aber will ich dir, wenn du erlaubst, die Geschichte meiner siebten und letzten Reise erzählen, die noch wunderbarer und erstaunlicher war.

Also sprach Gustav der Weltfahrer. Gustav der Schrofelfahrer versicherte, das Siamkatzenfell anzulegen, falls das Schicksal oder andere Mächte ihn nach Frigiderien verschlagen sollten. Dann lustwandelte er noch eine Weile durch das weißgetünchte Ziegelgewölbe, der Gastgeber erwähnte seinen Urlaub in Norilsk, Werchojansk, auf der Tschuktschenhalbinsel, zeigte ihm etliche Werte und erläuterte das System, dem sie zugeordnet waren. Zum Abschied schenkte er ihm ein Fläschchen Eiswasser. Der Schrofelfahrer dankte, ging zurück zu seinem Wagen und zeigte den Arbeitern das Fläschchen. Dann fuhr er ohne Pause bis Feierabend, stellte den Wagen ab auf dem Hof der städtischen Müllabfuhr und lief nach Hause. Unterwegs blieb er oft stehen, sah sich Schaufenster an, Häuser, Bäume, sechs Straßenbahnzüge überholten ihn. Die Tochter winkte aus dem Küchenfenster. Er erzählte ihr vor dem Einschlafen, was er auf dem Heimweg, den er seit sechzehn Jahren zweimal täglich benutzte, gesehen hatte. Später pries er die grünen Augen der Frau und hörte Lob, sein Haar betreffend. Nachdem er seine Frau das drittemal erkannt hatte, legte er die linke Hand auf ihre rechte Brust und bestieg das Traumschiff. Es fuhr ihn mählich durch die Nacht. Am anderen Morgen strandete es. Er zeigte das Wrack seiner Frau. Sie behauptete, es nicht zu sehen, und kochte Kaffee. Als er den getrunken hatte, begab er sich an sein Tagwerk. Jedesmal, wenn er den Wagen hydraulisch in den Steinbruch geleert hatte und die braune Staubwolke vom Wind davongetrieben worden war, stieg er aus und suchte die weiche Halde ab. Er sammelte eine Schwingkeule, sechzig Zentimeter Hakenkette, einen Winkelfräser, verschiedene schadhafte elektrische Sicherungen, zwei verrostete Faßreifen und eine halbe Elle Scharnierband. Er lagerte die Werte vorübergehend unter dem Fahrersitz. Sobald die Sonne den höchsten Stand erreicht hatte, begab er sich in den kühlen Keller und teilte Gustav dem Weltfahrer mit, daß er umziehen wollte. Der Weltfahrer umarmte ihn. Dann sang er „Ist denn kein Stuhl da, Stuhl da, Stuhl da, für meine Hulda rampam" und versicherte den Bruder seiner Mithilfe bei der Einrichtung des Kellers. Später klopfte er siebenmal mit dem Schienenstück gegen das schwarze Abfallrohr. Klara trug Suppe und Korn auf. Die Suppe roch nach Majoran. Der Korn stand klar in der Flasche. Die Männer betrachteten ihn, während sie löffelten. Als die Suppe verzehrt war, entkorkte der Weltfahrer die Flasche, nahm einen Schluck, wischte sich Mund und Bart mit dem Handrücken, reichte sie dem Schrofelfahrer, der nahm auch einen Schluck. Dann bat er um die versprochene Geschichte. Der Weltfahrer rollte drei Funken aus seinem linken Auge und erzählte mit ähnlichen Worten

Die siebte Reise
Gustavs des Weltfahrers

Wodurch dem Schrofelfahrer schließlich der Kopf mit erstaunlichen Gegenständen gefüllt war wie des Gastgebers Keller.

Nach der Heimkehr von meiner sechsten Reise, die seltsame Erfahrungen abwarf, nahm ich in Freude und Heiterkeit mein früheres Leben wieder auf und lebte eine Weile zufrieden dahin. Auf Initiative des Volkskorrespondenten Manike, der in unserer Rentnerbrigade als Topfnieter beschäftigt war, erließen wir einen Wettbewerbsaufruf an die Rentnerbrigaden unserer Stadt, der im Bezirksblatt abgedruckt wurde. Meine Frau Klara besuchte regelmäßig die Tanzveranstaltungen des Veteranenklubs, ich verbrachte diese Abende im Fernsehraum. Auch Enkel Olaf, der bis zu seinem sechzehnten Lebensjahr Dampflokomotivführer hatte werden wollen, war an die Universität desertiert, der Hauptbahnhof war bereits elektrifiziert. Nachrichten vom Deutschlandsender informierten mich dreimal täglich über die hiesige Wirtschaft, Lagen auf welschen Kriegsschauplätzen und Wettervorhersagen.

Bis ich mich eines Tages beim Anblick einer eingestrickten tönernen Pfanne wieder meines Vaters, des weitgereisten Rastelbinders Ferdinand, heftig erinnerte. Geschlagen von der Sehnsucht nach fremden Ländern und Meeren, entschloß ich mich sofort zu reisen. Aber ich wußte nicht, wohin. Die Erde hatten wir erledigt; bis auf die Gebiete, wo Kriege ausgetragen wurden, die bereist man nicht freiwillig. Ich war mittlerweile vierundsiebzig Jahre alt geworden. In dem Alter sehnt man sich nach abschlußsetzender Vollkommenheit. Die genannten Umstände zwangen mich zu einem kühnen Plan, von dem ich dem Obersten Sowjet der UdSSR brieflich Mitteilung machte. Sechsundzwanzig Tage später trafen zwei verplombte Güterwagen im Bahnbetriebswerk Hilbersdorf ein, auf deren Wagenpapieren G. H. Weltfahrer als Adressat und Baikonur als Absender verzeichnet waren. Der Dienststellenvorsteher setzte mich in Anwesenheit der Amtmänner Schuricht, Winter und Kreppin davon in Kenntnis, seine Sekretärin reichte Kaffee und Gebäck. Nach dem Empfang, der im fahnengeschmückten Amtszimmer des Dienststellenvorstehers stattfand, geleiteten mich die Herren zu den Waggons. Die Vierachser waren auf dem Rangiergleis abgestellt, das zum Lokfriedhof führte. Sie hatten flache Dächer mit Kühlrädern und hellblau gestrichene Bremserhäuschen. Ich durchzwickte die Plombendrähte mit einer Kneifzange. Die Rollen, auf denen die Wagentüren liefen, waren einwandfrei geölt. Der rechte Wagen hatte Weltraumbriketts geladen, der linke Verkleidungs- und Start-

rampenteile, drei Raumanzüge und andere Gerätschaf-
ten, Gebrauchsanweisungen, Montageanleitungen und
den Schenkungsvertrag. Er übereignete durch ein-
stimmigen Beschluß des Obersten Sowjets dem pensionierten Lokomotivführer G. H. Weltfahrer auf
Grund seiner Verdienste um die Sache der Phantasie
ausnahmsweise aeronautische Ausrüstungsteile aus
den Schrottbeständen von Baikonur für private Zwecke
unter der Bedingung – ich zitiere wörtlich: „daß
der Beschenkte sich verpflichtet, die Luftwege innerhalb der Staatsgrenzen der UdSSR nicht zu verstop-
fen. Die Starterlaubnis für die unter der Nummer
987021 registrierten Projektilteile ist nicht übertragbar. Ein Weiterverkauf des auch nach Vertragsabschluß dem Verantwortungsbereich des Verteidigungs-
ministeriums unterstehenden Projektils an Dritte ist
nicht statthaft. Bauliche Veränderungen am Hitzeschild, die dem Ansehen der sowjetischen Wissenschaft zum Schaden gereichen, können gemäß Artikel 12 Absatz 3 mit Geldstrafen bis zu tausend Rubel
geahndet werden." Der Dienststellenvorsteher sicherte mir im Namen des Bahnbetriebswerks tatkräftige Unterstützung zu. Ich machte mich an die Arbeit.
Mittwochs, die Luft war lau und zugwindähnlich
bewegt. Von den Schlackenhalden, auf deren Ausläufern der Lokfriedhof angelegt war, zogen Staubwol-
ken westwärts. Zwischen den Schottersteinen blühte
Huflattich. Das Nummernschild meiner Maschine
Hulda war vogeldreckverklebt. Vom nahen Wald
hörte ich Spatzen und Amseln, vom BW das quar-

rende Signal des Drehscheibenwärters, Pfiffe, Befehle, den Zusammenprall von Puffern in verschiedenen Tonlagen, Schienenstöße. Frühlingssonne beschien die verrußten Neubaufronten entlang des Rangierbahnhofs. Zwei Baukräne halfen mir beim Aufstellen des Zuges. Er wurde, den ungewöhnlichen Erfordernissen entsprechend, nicht auf die Räder, sondern hochkant gestellt. Ich ließ in der Reihenfolge der Aufzählung Tender, Lokomotive, Wohnwagen, Materialwagen übereinandertürmen. Das wahrscheinlich schon mehrfach gebrauchte Startgerüst stützte den Turm. Die offenen Seiten von Tender und Maschine zeigten erdwärts, desgleichen das als Abtritt umgebaute Bremserhäuschen des Wohnwagens. Die Zugteile wurden an den Puffern mit Klemmschrauben zusammengefügt und anleitungsgemäß von einem raketenförmigen Hitzeschild umkleidet. Zwischen Hitzeschild und Zug baute ich ein Leiternsystem, das nicht nur alle Zugteile erreichbar, kontrollierbar und reparierbar machte, sondern auch kleine Spaziergänge ermöglichte, Bewegungsarmut ist dem Alter unzuträglich. Huldas Schornstein und Dampfzylinder hatte ich zu Steuerdüsen umgebaut, Tenderöffnung, Führerstand und Bremserhäuschen zu Ausströmdüsen der jeweiligen Startstufen. Auf Grund des weltweiten Charakters der geplanten Reise war die Wert- und Proviantbevorratung eine mit so großer Verantwortung belastete Arbeit, daß ich sie selbst erledigen mußte. Klara, meine Heizer und die Belegschaft des Bahnbetriebswerks schafften lediglich heran. Als Materialwagen, Kartoffelhorde und Gazeschrank gefüllt waren, belud ich Tender und Dampfkessel mit Weltraumbriketts. Sie waren kobaltblau, kyrillisch geprägt und von rundlicher Form, äußerlich landesüblichen Badeofenbriketts vergleichbar, jedoch schwerer. Am ersten Juli legten meine Heizer und ich die orangefarbigen Raumanzüge an und nahmen in der Ehrenloge der Tribüne Platz. An der Brüstung der Loge hingen Blumenkästen, mit Vergißmeinnicht bepflanzt, der Wind blies uns Blütenblätter ins Gesicht, durch einen knopflochförmigen Lidspalt beobachtete ich wie in zugwindscharfem Schneegestöber den Aufmarsch der Einwohner Hilbersdorfs. Sprechchöre, Lieder, Fahnen. Der Dienststellenvorsteher und ein Lokschlosser hielten Reden. Fußballtrainer Scholl rezitierte drei Gedichte. Zum Abschied sang der Eisenbahnergesangverein achtstimmig „Ist denn kein Stuhl da, Stuhl da, Stuhl da, für meine Hulda rampam". Wir schieden winkend von unseren Angehörigen, der Betriebsbelegschaft und der übrigen Hilbersdorfer Bevölkerung. Dann begaben wir uns schweren Schritts zur Startrampe und kletterten, von den steifen Raumanzügen behindert, langsam über das Leiternsystem zum Wohnwagen. Dort legten wir uns in die Betten und banden uns fest, indem wir von Bettpfosten zu Bettpfosten Wäscheleinen spannten, die sich über unseren Bäuchen kreuzten. Nachdem wir die durchsichtigen Visiere unserer Weltraumhelme geschlossen hatten, zündete ich den gefüllten Tender: die erste Startstufe. Mit einer rohrumschlossenen Zündschnur, vom

Bett aus. Das stand auf der Wagenwand, der das Bremserhäuschen angebaut war. Wir hatten den Wohnwagen total umräumen müssen. Als das Hulda-Projektil zu zittern begann, pfiffen die Dampfpfeifen aller auf dem Bahnbetriebswerk stehenden oder fahrenden Lokomotiven Zp1. Dann wurde ich kräftiger als von den frigiderischen Damen in die Matratzen gedrückt, so daß ich „ah" und „oh" schrie und mir ein Wind entfuhr. Bald ermannte ich mich jedoch und sprach meinen Heizern Mut zu. Sie lagen so tief in ihren Matratzen, daß ihre Klagelaute hallten wie Brunnenbauerstimmen von der Sohle. Alois zitterte. Eugen wollte sofort zurück, widrigenfalls er alle Schinken allein essen würde. Ich genoß die zauberhafte Aussicht, die ein Fenster im Hitzeschild auf der Höhe des Wagenfensters gewährte. Die Aussicht veränderte sich ständig, da die hellblaue Erde sich unter uns wegdrehte, ich konnte die Erdteile erkennen, die Meere, Wolkenfelder, rund um Erde und uns schwarzer Weltraum. Nacht. Ich zündete die Petroleumlampe an und leuchtete in verschiedene Richtungen. Das Brennkammerdruckmanometer, das an der Kartoffelhorde angebracht war, zeigte hundertzwanzig atü an, das Thermometer zweitausendeinhundert Grad Verbrennungstemperatur. Der Wohnwagen hatte keinen Schaden genommen, die unproportionierte Anordnung seines Mobiliars störte mich. Ich stellte die Lampe in die Luft und gab Anweisung, die Helmvisiere zu öffnen, die Wäscheleinen zu lösen und mit dem Umräumen zu beginnen. Vorsichtig stieß ich mich ab von meiner Matratze, schwamm schwerelos zum Tisch, löste die Verschraubung, beförderte ihn mit zartem Zeigefingerstoß an seinen angestammten Platz neben dem Fenster und schraubte ihn an den Beinen wieder am Fußboden fest. Eugen und Alois verfuhren ähnlich mit Betten, Schemeln, Kanonenofen, Gazeschrank und Kartoffelhorde, wobei sie sich wegen zu großen Kraftaufwands mehrfach an Kopf und andere empfindliche Körperteile stießen. Obgleich der Fußboden im Weltraum den schwerkraftbedingten Wandel- und Stellflächencharakter verliert und gleichwohl Dach und Wand sein kann, hielten wir an der von den Erdverhältnissen geprägten Ordnung fest. Die Erde zeigte Australien, als die Gemütlichkeit im Wohnwagen wiederhergestellt war. Ich schob ein Röllchen Priem zwischen die rechten Backenzähne und schwebte eine Weile über der Kartoffelhorde, nirgendwo liegt man so weich wie auf Luft. Als ich mich ausgeruht hatte, kletterte ich gesundheitshalber eine Weile im Leiternsystem. Dann löste ich die Kupplung zwischen Tender und Lokomotive sowie die Klemmschrauben an den Puffern und zündete die zweite Startstufe, achtzehn Uhr siebenundvierzig Hilbersdorfer Zeit erreichten wir die zweite kosmische Geschwindigkeit. Im Flammenlicht des Antriebsstrahls, der nach dem Rückstoßprinzip eine Schub genannte Vortriebskraft erzeugte, sah ich, daß der Tender sich entfernte. Feuchten Augs beobachtete ich, wie er allein in der Finsternis des Weltraums dahintrieb. Eugen aß Schinken. Wir sahen viele ausgebrannte

Raketenstufen und Satelliten auf unserer Reise. Auch Planeten. Wir konnten uns ihres unwirtlichen Charakters und ihrer Größe wegen für keinen entscheiden. Wir suchten abschlußsetzende Vollkommenheit. Wochenlang. Als ich schon jegliche Hoffnung aufgeben wollte, entdeckte ich zwischen den Bahnen des Mars und des Jupiter etliche Planetoiden, schätzungsweise vierzig- bis fünfzigtausend, die auf uns einen friedlichen Eindruck machten. Sie waren verschieden groß und in allen Grundfarben erhältlich. Ich entschied mich für einen grünen Planetoiden, da die grüne Farbe das Auge schont. Seine Bahn lag nahe der Ekliptikebene zwischen den Bahnen von Mars und Jupiter und hatte einen Durchmesser von zirka vierhundertzwanzig Kilometern, ideales Maß für deutsche Rentner. Einen größeren hätten wir nicht gründlich erledigen können. Ich zündete die im Kanonenofen- und im Entlüftungsrohr des Wohnwagens eingebauten Bremsraketen. Wir landeten auf der schirmförmigen Krone eines Baumes. Die war filzdicht und hatte einen Durchmesser von zirka einem Kilometer. Der Baum trug rettichähnliche Früchte, manche waren hausgroß. Wir stiegen in sommerliche Luft. Da sich Alois von seiner Frau hatte einreden lassen, daß Vitaminmangel den Alterungsprozeß beschleunige, schnitt er sich mit seinem Taschenmesser eine Scheibe von einer mannshohen Frucht ab. Noch bevor er sie zum Munde führen konnte, hatte sie einen so ungeheuren Gestank verströmt, daß wir bewußtlos umfielen. Als wir wieder erwachten, sahen wir uns von vierbeinigen Lebewesen umringt. Sie waren von runder Gestalt, hatten vier Arme und ebenso viele Beine, zwei sich ähnelnde Gesichter auf einem Hals, ein gemeinschaftliches Haupt für die junuskopfartig angeordneten Gesichter, vier Ohren sowie zweierlei Schamteile. Die seltsamen Lebewesen standen und gingen aufrecht wie Menschen. Wenn sie schnell laufen wollten, bewegten sie sich, auf ihre acht Gliedmaßen gestützt, im Kreise fort wie Radschlagende. Wir betrachteten sie staunend. Sie durchsuchten Maschine, Wohn- und Materialwagen oder rannten radschlagend um uns herum und redeten, was infolge doppelter Mundbestückung beträchtlichen Lärm verursachte. Innerhalb des Lautwirrwarrs fiel mir nach einiger Zeit eine Silbenverbindung auffällig ins Ohr, weil sie oft wiederholt wurde, sie lautete „Taneg" oder „Daneg" oder „Taneck", die seltsamen Lebewesen sprachen das Wort- oder Satzgebilde verschieden aus. Vermöge meiner vom Vater ererbten sprachkombinatorischen Fähigkeiten begriff ich jedoch bald, daß „Taneg" Verdacht auf Spionage oder andere unter Todesstrafe stehende kriegerische Absichten artikulierte. Während der Zug ausgeräumt und seine Ladung mit gewaltigem Geschrei untersucht wurde, servierte man auf einem herbeigeschafften Baumstumpf drei kleine Rettiche. Man bedeutete uns, sie zu verzehren, und hängte uns je eine Zündschnur in den rechten Mundwinkel. Dann stürzten sämtliche auf dem Baumschirm versammelten Lebewesen radschlagend zum Baumschirmrand und setzten sich, wodurch sie zu einem spinnenähnlichen Aussehen gelangten. Wir setzten uns auch und machten uns, von den Anstrengungen des Staunens und einer gewissen Angst hungrig geworden, über die Rettiche her. Langsam, die letzte Mahlzeit seines Lebens möchte man genießen. Alois weinte. Eugen betete, Leute, die nicht aufhören können, sind mir unsympathisch. Ich sah dem Tod gefaßt ins Auge, wer die ganze Erde und etwas Weltall kennt, sollte mit seinem Schicksal, wenn nicht zufrieden, so doch einverstanden sein. Lediglich die Aussicht, daß mein Leichnam nicht in Hilbersdorfer Erde verfaulen würde, betrübte mich etwas. Wir schnitten die Rettiche mit dem Taschenmesser nach bayrischer Art auf, hoben sie am Kraut in Kopfhöhe, so daß die Spiralen sich öffneten, bewarfen sie mit Salz, von dem Eugen als gelernter Fleischer stets einige Unzen in der Hosentasche mitführte, und legten sie sodann trotz des Gestanks, den sie verströmten, auf den Baumstumpf zurück, um das Gewürz einziehen zu lassen. Als wir die Rettiche zum Mund führen wollten, rannten etliche Lebewesen vom Rand des Baumschirms auf uns zu, hinderten uns und hießen uns auf Ferribdol willkommen. Wir stiegen erleichtert aus den Raumanzügen. Dann brach die Nacht herein. Sie dauerte eine Stunde. Als die Sonne wieder über den baumgezackten Horizont stieg, wurden Begrüßungsreden gehalten, denen ich aufmerksam zuhörte. Sie waren aus wohlgesetzten, aber mißtrauischen Worten gebildet. Bald konnte ich sie nicht nur gefühlsmäßig, sondern auch verstandesmäßig verstehen. Sie sprachen die Überzeugung aus, daß der Sprengtest den Spionageverdacht als unbegründet erwiesen hätte, variierten jedoch die getarnte Vermutung, mein Zug wäre ein Expeditionsprojektil mit missionarischen Aufgaben. Als sich der Tag, der ebenfalls nur eine Stunde währte, neigte, fragte mich ein mir als Zuchtpräsident vorgestellter Ferribdolier nach unserer Fortpflanzungsart. Ich beschrieb sie ihm auf ferribdolisch. Die beiden Gesichter des Zuchtpräsidenten belebten sich, freudig erregt teilte er den übrigen versammelten Ferribdoliern meine reaktionäre Herkunft mit, Hunderte meldeten sich sofort freiwillig. Der Zuchtpräsident bat sie um Geduld und schloß uns nacheinander in seine vier Arme. Dann schlief er wieder eine Stunde. Wir lagen wach, an einen so schnellen Tag-Nacht-Rhythmus kann sich ein erdentaggewohnter Organismus schwer gewöhnen, zumal wenn er über siebzig Jahre alt ist. Am anderen Morgen räumten die Ferribdolier Wohn- und Materialwagen wieder ordnungsgemäß ein, seilten uns sowie das Projektil mit Lianentauen vom Schirm der Riesenpinie ab und rollten es auf Baumstämmen zum nahe gelegenen Raketenfriedhof. Der erstreckte sich auf den Ausläufern einer Schlackenhalde. Dort rosteten chemische Raketen, Feststoffraketen, Flüssigkeitsraketen, Kernenergieraketen, Ionenraketen, Plasmaraketen und ein größeres Sortiment Raketenwaffen, unter anderen Kurzstreckenraketen bis zu zirka hundert Kilometer Reichweite, Mittelstreckenraketen von hundert bis dreitausend Kilometer Reichweite, interkontinentale

Raketen bis dreizehntausend Kilometer Reichweite, verschiedene Abwehrraketen, zum Beispiel Fliegerabwehrraketen, Panzerabwehrraketen, Unterseebootabwehrraketen, Raketentorpedos, Antiraketenraketen und Raketenwerfer. Das Projektil Hulda wurde zwischen einer Ionenrakete und einer Panzerabwehrrakete aufgestellt. Der Friedhof war umgeben von verschiedenartigen Bäumen, die einem weißen, puderähnlichen Boden entwuchsen. Er war gras- beziehungsweise unkrautbar, weder Vögel noch anderes Getier belebte die Waldung. Häuser oder ähnliche Bauten waren nicht zu sehen. Da ich mich für Architektur interessiere, machte ich einen dreißigtägigen Ausflug. Ich umlief den Planetoiden Ferribdol in dieser Zeit nicht weniger als siebenmal, ohne eines einzigen Gebäudes ansichtig zu werden. Verwundert kehrte ich zum Wohnwagen zurück und öffnete nachdenklich den sechsten Band meines achtbändigen ledergebundenen Lexikons, das über Eugens Bett auf einem Brett aufgestellt war. Obgleich das Lexikon auf seinen Seiten alle Werte des Wissens materialmäßig geordnet lagerte,* konnte mir sein sechster Band keine Antwort geben. Die übrigen sieben Bände fragte ich auch vergebens. Da der Erdenmensch sich nicht wohl fühlt,

---

* Eine gewisse Abneigung gegen Bücher ist mir womöglich zugewachsen: Der Hausstand meiner Eltern hatte keine. Bibliophile Erscheinungen reizen mich unwiderstehlich zu Widersprüchen. Papier mit Geschichten beschreiben erscheint mir als Notlösung. Der ideale Erzähler beschreibt Leute mit Geschichten. Er schirmt sich nicht ab mit Blättern, er stellt sich den Zuhörern. Zum Duell. Bloß, die ideale Geschichte geschieht im Lichtbogen, den die Gegner zeugen. Ideal gedachte Ereignisse sind theoretische Ereignisse. Mein naturwissenschaftlich versehrter Kopf ist solche gewohnt.

wenn er nicht alles weiß, aß ich kaum vom Abend-
brot und steckte die Tomate, die mir als Vitamin-
ration zugewiesen war, in die linke Jackentasche meines Uniformrocks. Alois beobachtete es mißbilligend,
ich verwünschte seine sich nahrungsmittelwissen-
schaftlich bildende Frau und ging spazieren. Jenseits
der Schlackenhalde wölkte der weiße Boden unter
meinen Schritten, bald waren meine blauen Hosen
grau. Ich beneidete die Ferribdolier, die kleiderlos
dahinlebten und nicht schmutzig werden konnten,
wahrscheinlich wuschen sie sich nur selten oder nie,
ich habe während unseres Aufenthalts nur Lebewesen
beobachtet, die sich puderten, indem sie heftig rad-
schlugen. Auch das Haar trugen sie weiß gepudert. Es
wuchs als etwa elf Zentimeter breite Stehmähne zwischen Stirn und Schläfen und Ohren bis zur Hals-
mitte. Ich mochte wohl einen halben ferribdolischen
Tag gewandert sein, als ich unverhofft einen Einheimischen schlafend unter einem mittelstämmigen
Baum sitzen fand, die Leute schliefen offenbar ihrer
vielen sperrigen Gliedmaßen halber vorzugsweise im
Sitzen. Ich wünschte einen guten Tag. Der Ferribdolier
erhob sich sogleich und musterte mich erst mit dem
einen, dann mit dem anderen Augenpaar, wozu er den
Kopf mitsamt dem Rumpf um hundertachtzig Grad
drehen mußte, die Augen der Ferribdolier saßen beiderseits der Nasenflügel. Ich schob vier Finger meiner
rechten Hand unter das linke Vorderteil meiner Ausgehuniform, zwischen den zweiten und dritten Knopf,
vom Kragen abwärts gerechnet, und überreichte mit

der rechten Hand in einem Anfall von Freigebigkeit die spanische Importtomate, Pfundpreis drei Mark zwanzig. Augenblicklich verschwand das Lächeln aus den Gesichtern des Ferribdoliers, er schrie „Leipizo, Leipizo" und gestikulierte wild mit vier Armen und drei Beinen, auf einem Bein stand er. Keine Sekunde später brachen fünf mit Stöcken bewaffnete Ferribdolier durch das Unterholz und banden mir die Hände auf den Rücken, die Stöcke waren etwa drei Meter lang, einen halben Meter länger als der Durchschnittsferribdolier. Sie dirigierten mich unter einen nahe gelegenen Kugelbaum und lösten die Lianen, mit denen sie meine Hände gebunden hatten, sobald das Verhör begann. Auf Ferribdol gab es bezüglich der Grundsilhouetten sieben verschiedene Baumtypen: Kugelbaum, Schirmbaum, Pyramidenbaum, Hänge-baum, Schopfbaum, Kinderbaum und Kopfholz, abgesehen von den Kunstformen Kugel, Kegel, Hecke und Spalier. Der borkenstämmige Kugelbaum, unter dem das Verhör stattfand, war eine Naturform von gewaltiger Art. Da ich die Verwerflichkeit meines Tuns tagelang trotz intensiver Aufklärungsarbeit seitens der Vernehmungsrichter nicht begriff, forderte der Generalstaatsanwalt einen Historiker an. Diesem fiel die Aufgabe zu, mich geistig vernehmungsreif zu machen. Er war etwa doppelt so groß wie ich und kahlköpfig. Ich begrüßte ihn, indem ich den Zeigefinger an das Mützenschild und den Kopf ins Genick legte. Ich behielt diese Kopfhaltung während der wochenlangen Unterweisungen bei, da meine Augen und seine Schamteile auf gleicher Höhe angebracht waren, er zeigte sich abwechselnd von der weiblichen und von der männlichen Seite, das Vorhandensein derartiger Organe an Amtspersonen empfindet der anständige Erdenbewohner als unzumutbare Minderung der Autorität. Der Historiker erklärte mir mit einem Abriß, die Geschichte des Planetoiden betreffend, weshalb sowohl der Anbau als auch der Genuß von Liebesäpfeln, auch Tomaten genannt, in Ferribdol strafrechtlich verfolgt würde. Aus Gründen, die ursächlich im letzten ferribdolischen Krieg zu suchen wären. Er hätte vor über zweihundertsiebzig Jahren stattgefunden, genau in den Jahren zwei bis null vor der Zeitrechnung, nur ein Ferribdolier hätte ihn überlebt. In einer Höhle. Deren Eingang hätte der findige Mann vermauert, um sich vor den todbringenden Strahlen zu schützen, mit denen der Krieg geführt worden wäre. Allein die Mauer hätte die Höhle nicht nur von der Strahlung, sondern auch von der Luft abgeschlossen, der Mann wäre erstickt, wenn er nicht zufällig eine Zimmerlinde bei sich gehabt hätte – die floralen Lebewesen Ferribdols atmen bekanntlich im Gegensatz zu den faunalen Sauerstoff aus und Kohlendioxyd ein. Aus Dankbarkeit und Not begann der einsame Mann nach Kriegsende mit Züchtungen. Er hybridisierte zunächst die Linde mit den Brennesseln, die während des Krieges als Unkraut im Keramiktopf gewachsen waren, und meditierte. Nach und nach wurde er sich nicht nur seiner bedauernswerten Lage, sondern auch seiner Verantwortung bewußt, die ihn befähigte, Plage

als Wohltat zu begreifen, er schleppte die auf Ferribdol herumliegenden, vom Krieg übriggebliebenen Raketen auf eine Schlackenhalde und beschloß, die Welt
neu zu schaffen. Von Grund auf, ihm erschien die sich
bietende Gelegenheit als einmalige Chance, weshalb
er rationelles Vorgehen für erforderlich hielt. Nach
jahrzehntelanger aufopferungsvoller, von Unglück
und Rückschlägen belasteter Arbeit wäre ihm gegen
Ende seines Lebens gelungen, wovon er als Höhlen-
bewohner, umgeben von Trümmerfeldern und ver-
kohlten Pflanzen, Tier- und Ferribmenschenleibern,
geträumt hätte: die Rationalisierung der belebten Ma-
terie auf einen Grundtyp. Nach seinem Tod wäre
er heiliggesprochen worden. Der Geburtstag des heiligen Starvug würde auf Ferribdol als Staatsfeiertag
begangen, und nicht nur auf Ferribdol, der Historiker
hob drohend vier Zeigefinger. Dann brach jäh der
Abend herein mit lauten grünen Farben, und wir begaben uns zur Ruh, der Historiker unter einen Hänge-
baum, ich unter ein Kopfholz. Ich schlief schlecht,
weil die Liane sehr kurz war, mit der meine Hände
an den Baumstamm gebunden waren. Das beklagte
ich am anderen Morgen. Der Historiker beklagte die
Qualität der Lianen ebenfalls, bat jedoch zu beden-
ken, daß das vom heiligen Starvug begonnene Re-
formwerk ausmaßeshalber noch nicht zum Abschluß
hätte kommen können, sämtliche Güter des täglichen
Bedarfs wüchsen bereits auf Bäumen, an Handschel-
lenbäumen würde gezüchtet. Der Historiker führte
mich in ein Arboretum, wir wandelten unter Brot-

bäumen, Milchbäumen, Wurstbäumen und Zeitungs-
bäumen, die Rettichbaumschule war umzäunt. Ich
wollte den Zaun übersteigen, der Historiker drohte
mit der Polizei, unbefugtes Betreten von Verteidi-
gungsanlagen würde mit Freiheitsentzug nicht unter
neun Jahren geahndet. Auf unserem Besichtigungs-
gang zeigte mir der Historiker von ferne auch größere Rettichbäume, alle von pinienhaftem Aussehen,
die schirmförmigen Kronen der größten hatten Durchmesser von etwa zwei Kilometern und waren ebenso
verfilzt wie jenes Exemplar, auf dem Hulda gelandet
war. Der Historiker vertraute mir, daß diese Riesen
im Volksmund im Gegensatz zu der offiziellen Bezeichnung Raketenbäume genannt würden: ideelles
Relikt aus der kriegerischen Vergangenheit. Ein prin-
zipieller Unterschied in der Handhabung von kleinen
und großen Geschossen bestünde nicht, jeder Ret-
tich arbeitete, sobald der Krautstrunk abgeschnitten
und die austretenden hochexplosiven Gase entzündet
wären, nach dem Raketenprinzip. Die Wirkung derartiger Verteidigungsgeschosse wäre verheerend, der
durch die Explosionswelle erzeugte Luftdruck eines
Riesenrettichs rasierte ein Gebiet von siebzig Qua-
dratkilometern. Selbst das Abfeuern von Riesenretti-
chen erforderte keinerlei Ausbildung und könnte von
jedermann ausgeführt werden, weshalb in Ferribdol
faktisch beinahe die gesamte Bevölkerung ständig
unter Waffen stünde, ohne Wehrdienst ableisten zu
müssen, die Rettichgewächse hießen offiziell Verteidi-
gungsbäume. Auch nicht angezündete Rettiche könn-

ten, angeschnitten in die Reihen von Angreifern geworfen, durch ihren Gestank verteidigungswirksam sein, die Rettichbaumzucht diente einzig und allein Verteidigungszwecken. Nach außen, innenpolitisch herrschte stabile Ruhe, da die Kinder auf Bäumen wüchsen. Die Züchtung des einhäusigen Kinderbaums bezeichnete der Historiker als Krönung des Starvugschen Reformwerks. Mit diesem genialen Wurf hätte der vor dem Krieg als gemeiner Schrofelfahrer tätige Starvug sozusagen das Paradies erschlossen, denn der einhäusige Mensch hätte jederzeit bei der Hand, wovon in reaktionären Welten die Menschen die längste Zeit ihres Lebens träumten, wonach sie sich sehnten, sich verzehrten, wenn sie nicht einen Vertrag zur beiderseitigen Nutzung der fehlenden Teile abgeschlossen hätten, aber alle Vorkriegsehen wären auch nicht glücklich verlaufen, der heilige Starvug hätte über diesen Gegenstand ein Traktat verfaßt. Der Historiker pflückte das Traktat wenig später von einem Hängebaum und schenkte es mir. Als ich zwei Tage darin gelesen hatte, beklagte ich mein Schicksal und das der übrigen Erdenbewohner. Und ich nahm meinen Kopf aus dem Nacken, betrachtete den Reichtum meines Begleiters und meditierte niederfüllt über das unbeschwerte Leben auf Ferribdol. Es war befreit von Leidenschaften, Komplexen und Neurosen. Die Morallehre hatte ihren attraktivsten Gegenstand verloren, der Lesehunger die zuverlässigste Stimulanz. Das Interesse an der kompletten leiblichen Ausstattung war jedoch bei der ferribdolischen Elite bereits erlahmt, da der anrüchige, frivole, obszöne Antrieb für deren Benutzung fehlte, Degenerationserscheinungen registrierten die Züchter mit stolzer Genugtuung. Der Historiker bezeichnete sich als Übergangslösung. Der Ferribdolier der Zukunft wäre geschlechtslos. Aber er pflückte seine Kinder von den gleichen Bäumen, die heute den Planetoiden schmückten, züchterische Experimente mit Kinderbäumen würden mit dem Tode bestraft. Hybridisierungen, die zu negativen Ergebnissen führten, ebenfalls, wer Angriffswaffenbäume, Zierbäume, Liebesapfelbäume oder andere die ferribdolische Ordnung gefährdende Gewächse züchtete, würde zum Rettichessen verurteilt und öffentlich gesprengt. Ich erklärte mich für vernehmungsreif und verurteilte die Verwerflichkeit meines Tuns. Der Staatsanwalt erkannte auf Todesstrafe, erbot sich jedoch, mich freizusprechen, wenn ich dem Zuchtpräsidenten Hilfe bei der Arbeitsbeschaffung zusicherte. Ich sicherte dem Zuchtpräsidenten tatkräftige Hilfe zu, der Planetoid Ferribdol wurde von einem Zuchtpräsidenten und sieben Zuchtministern regiert. Sie überwachten die züchterische Tätigkeit, die Zuchtrechtspflege und die Ausrüstung von Expeditionen sowie deren missionarische Arbeit. Da Klima und Vegetation sämtliche leiblichen und geistigen Bedürfnisse der Eingeborenen befriedigen konnten, war Arbeit elitärer Luxus. Nur 0,7 Prozent der Bevölkerung arbeitete an Züchtungsaufgaben, der Rest war zum Faulenzen verurteilt, solange keine neuen Expeditionsziele ausgemacht waren. In Todesangst versprach ich dem Zuchtpräsidenten, einer Erscheinung von etwa fünf Meter Länge, die radschlagend mindestens zweiundneunzig Kilometer in der Stunde zurücklegen konnte, die Erde als missionarisches Objekt. Der Zuchtpräsident baute jeweils zwei seiner kolossalen Hände an jeweils einen seiner beiden kolossalen Münder und wiederholte mein Versprechen. Wenig später waren bereits Tausende von Freiwilligen auf dem Raketenfriedhof zusammengeströmt, Ordner mühten sich, Kolonnen zu formieren, manche Anstehenden widersetzten sich dieser Forderung mit dem Hinweis, sie hätten sich bereits kurz nach der Landung von Hulda freiwillig gemeldet und Anspruch auf vordere Plätze. Eugen und Alois hatten sich aus Angst vor der erregten Menge im Materialwagen verschanzt. Zwischen Schmierölkanistern und materialmäßig geordneten Metallgegenständen. Eine Expertengruppe inspizierte alsbald unter Führung des Zuchtpräsidenten die Bestände des Raketenfriedhofs, nahm die sichtbaren Defekte der interessantesten Stücke zu Protokoll und entschied sich schließlich für eine Kombination aus den Mänteln von vier interkontinentalen Raketen und drei Ionenraketen. Die Raketenmäntel sollten gebündelt und mit Rettichen und Baumsetzlingen beladen werden. In die Raketenspitze wurde entgegen meinem Ratschlag nicht unser Wohnwagen, sondern ein hohler Baumstamm als Aufenthaltsraum für die Expeditionsteilnehmer montiert. Zur Expedition gehörten sechs Teilnehmer und drei Lotsen. Die Teilnehmer wurden dreizehn Stunden vor dem Start aus der unübersehbaren Freiwilligenmenge ausgewählt, Eugen, Alois und ich hafteten als Lotsen mit unseren Köpfen für Zielfindung und erfolgreiche Landemanöver. Da meine Sehnsucht von Tag zu Tag wuchs, verzögerte ich den Start mittels verschiedener Winkelzüge um sieben ferribdolische Wochen, meine Heizer werteten dieses widersprüchliche Verhalten als Zeichen eines geistigen Defekts. Dessen Ursache schrieben sie der bevorstehenden Trennung von Hulda und Wagen zu, einem Ereignis, das mich in der Tat zutiefst in Trauer stürzte und noch heute schmerzt, sooft ich daran denke. Obgleich die kobaltblauen Briketts Hulda in ihrer Eigenschaft als zweite Raketenstufe bis zur Unkenntlichkeit deformiert hatten: Das Führerhausdach fehlte, Regler und Steuerungsrad waren zu Klumpen geschmolzen, der auf allen sechs vorangehenden Reisen stets lackschwarz geputzte Kessel war rotgeglüht und durch kein Öl mehr zum Glänzen zu bringen. Dennoch und trotz alledem gefiel sie mir, an einer Frau gefällt einem schließlich auch nicht nur die Schönheit. Bruder, wenn ich dir Hulda zu Gesicht bringen könnte, würdest du mich verstehen. Mit meinen achtundsiebzig Jahren fühle ich mich jedoch nicht mehr robust genug, um die Fährnisse einer zweiten Reise nach Ferribdol unangefochten zu überstehen, von den Widerständen, die einer Rückführung meines Zuges von ferribdolischer Seite im Wege lägen, und von den missionarischen Gefahren, die der Erde drohen würden, ganz zu schweigen. Ich muß dich also bitten, mir zu glauben, denn es würde mir schwerlich gelingen, diese Gefahren ein zweites Mal abzuwenden. Bereits beim erstenmal mußte ich große Mühe und List aufbieten, um zu verhindern, daß die folgenden Generationen auf Erden von Bäumen gepflückt werden, das Expeditionsprojektil, mit dem ich mit meinen Heizern zur Erde zurückkehrte, führte 18 720 390 Kinderbaumsetzlinge mit. Die Kinderbäume waren ihrer Form nach dem Affenbrotbaum, auch Baobab genannt, vergleichbar, sie hatten hängende, gurkenähnliche Früchte und einen Stammumfang bis zu vierzig Metern. Jeder Ferribdolier, der das dreiunddreißigste Lebensjahr erreicht und Lust hatte, war berechtigt, eine oder mehrere dieser gurkenähnlichen Früchte zu pflücken. Sie mußten sieben Wochen im Schatten abhängen und dann auf Holzkohlenfeuer geröstet und in Eiswasser abgeschreckt werden, wodurch sich die Schale leichter vom Fruchtfleisch lösen ließ. Das Fruchtfleisch war je nach Größe des Kindes dick oder dünn, rot gefärbt und von fadsüßem Geschmack, etwa wie das Fleisch der Zuckermelonen, jedoch weitaus trockener. Die Kinder waren in das Fruchtfleisch gebettet wie Kerne. Da auch die ferribdolischen Lebewesen ähnlich wie die Menschen verschieden aussahen und unterschiedlich begabt waren, pflückte sich der anständige Ferribdolier seine Kinder selbst, da jeder seine Hand für die glücklichste hielt. Wer am Pflücken eines Gebrestens oder anderer Gründe wegen verhindert war – vier Arme und vier Beine erleichterten nicht nur das Klettern auf diesen gigantischen Bäumen, sondern behinderten auch –, wandte sich an einen staatlichen Kinderpflücker. Der Pflücker wurde im Geburtsregister vermerkt. Selbstgepflückte Kinder zu haben galt als ehrenhaft, wiewohl es keine Diskriminierung mehr gab und vom Kinderpflücker gepflückte Kinder die gleichen gesetzlich verbrieften Rechte hatten wie die selbstgepflückten. Die früher diskriminierende Bezeichnung „lohngepflückt" wurde im neuen Zuchtgesetz durch die Bezeichnung „nichtselbstgepflückt" ersetzt. Trotz des schweren Verlusts, der mich durch die erzwungene Zurücklassung meiner unersetzlichen Hulda und anderer Werte auf Ferribdol ereilte, war ich freudig bewegt über die bevorstehende Heimkehr. Unsere Hoffnung, abschlußsetzende Vollkommenheit zu finden, hatte sich nicht erfüllt, doch hatten wir die Erde liebengelernt. Am sechsten Dezember dreizehn Uhr zwanzig Hilbersdorfer Zeit wurde der Startrettich gezündet. Als das Projektil mit sechs Freiwilligen, 18 720 390 Setzlingen und den Lotsen Gustav, Eugen und Alois an Bord den ferribdolischen Boden verließ, sang ein Chor das durch meine arbeitschaffende missionarische Geneigtheit auf Ferribdol zu schlagerähnlicher Popularität gelangte Lied „Ist denn kein Stuhl da, Stuhl da, Stuhl da, für meine Hulda rampam". Die Darbietung, zweifellos als Aufmerksamkeit geboten, streute sozusagen Salz in offene Wunden, meine Augen näßten sechs Taschentücher. Dann setzte ich mich ans Bordfenster und genoß den kosmischen Raum und den bevorstehenden Triumph. Ich beobachtete viele künstliche Satelliten und ausgebrannte Raketenstufen, am zwölften Reisetag sah ich Huldas Tender einsam durch den Weltraum fliegen, und meine Augen näßten das siebte und letzte Taschentuch. Am vierundzwanzigsten Dezember landeten wir auf dem Lokfriedhof des Bahnbetriebswerks Hilbersdorf. Die ferribdolischen Freiwilligen begannen sofort mit dem Entladen. Missionarischer Eifer hinderte sie, die Kälte in Höhe von einundzwanzig Grad Celsius zu bemerken, bevor alle 18 720 390 Setzlinge im Schnee lagen. Die Kinderbaumsetzlinge erfroren sofort. Wenig später traten die ferribdolischen Freiwilligen mit Erfrierungsschäden dritten Grades fluchtartig die Heimreise an. Ich aber watete, froh über das geglückte Rettungsmanöver und Triumphes voll, durch meterhohen Schnee zum Bürogebäude, wo der Dienststellenvorsteher im Wohnzimmer seiner Dienstwohnung unter dem Weihnachtsbaum saß und fernsah. Ich erzählte ihm, was mir widerfahren war und wie ich den Erdenmenschen durch List die Lebenslust erhalten hätte, für die Entbehrlichkeit eines Heiligen vom Schlage des ferribdolischen Starvug müßten sie selbst sorgen. Der Dienststellenvorsteher freute sich meiner Rettung, umarmte mich und gab dem Lokleiter vom Dienst Befehl, meine Geschichte mit goldenen Lettern in die Betriebschronik einzuzeichnen. Dann ging ich nach Hause und feierte mit Familie und Anverwandten die Geburt des Herrn.

Also sprach Gustav der Weltfahrer. Gustav der Schrofelfahrer bedankte sich und kündigte an, demnächst erzählen zu wollen, was er mit seinem hydraulischen Fahrzeug in den Straßen Bagdads erlebte.

Nachwort der Herausgeberin

Die Verfasserin der vorliegenden Schrift kenne ich nicht eigentlich, doch ist sie mir gut bekannt: Wir sind gleichaltrig im selben Haus aufgewachsen, haben dieselben Schulen besucht und gemeinsam vier Semester Germanistik studiert. Dann wechselte Bele H. die Fachrichtung. Das Manuskript des Buchs hatte mir Frau H., die im Prüfungssemester ihres Chemiestudiums vorübergehend mein Arbeitszimmer bewohnte, als Pfand für schuldig gebliebene Miete hinterlassen. Während der folgenden Jahre verloren wir aus beruflichen Gründen auch die briefliche Verbindung. Als mir kürzlich anläßlich eines Umzugs zufällig das lügenhafte Porträt des Großvaters in die Hände kam, erschien es mir wider Erwarten interessant, wenn auch nicht veröffentlichbar in vorliegender Fassung, ich wandte mich, nachdem ich den derzeitigen Aufenthaltsort in Erfahrung gebracht, an Bele H. mit diesbezüglichen Vorschlägen. Sie antwortete lange nicht, dann in gewohnter schroff-ironischer Art auf einem Briefbogen des Instituts für Ernährungsforschung, in dem sie augenblicklich beschäftigt ist. Einer kommentierten Veröffentlichung stimmte sie prinzipiell zu, erklärte sich sogar bereit, ein Vorwort abzufassen und Kommentare, da ich den beschriebenen Großvater ebenfalls augenzeuglich er..... Der Mann machte mir angst. Als ich Bele erstmals zu ihm begleitete, um einen Schusterdreifuß zu borgen, sprach er überhaupt nicht. Ich glaube, reden empfand er als unangenehme Störung des Rauchens, weil er vorher das Pfeifenmundstück aus dem Untergebiß hängen mußte. Wenn er die Küche betrat, verdrängte er seine Frau, die geschiedene Tochter, auch Besucher beliebiger Art: Man bemerkte sie nicht mehr. Fielen Worte aus seinem Mund, einzeln, polternd, waren sie Erlässe oder Verkündigungen. Einmal hab ich ein mit Ameisen gefülltes Glas in seinen Keller geschmissen. Da muß ich sieben Jahre alt gewesen sein. Später, im Krieg, verboten mir meine Eltern, nach Hilbersdorf zu gehen, wo seine Wohnung war. Weil sie seinen Keller nicht bombensicher glaubten, meine Mutter hielt Gustav H. für halb verrückt oder unarisch. Ein Original war er gewiß, auch seines eidetischen Gedächtnisses wegen, Lexikonartikel und die Geschichte von Sindbad dem Seefahrer konnte er aufsagen wie Schulkinder Balladen. Ob er tatsächlich Lügengeschichten erzählt hat, weiß ich nicht, ich erinnere mich an keine. Diese seltsame, nicht parabelhafte Schilderungsweise, der Münchhausenschen ähnlich, blieb literaturwissenschaftlich noch wenig erforscht, vermutlich ist sie außer der phantastischen Abenteuererzählung von der Art Sindbads auch den französischen Feenmärchen entfernt verpflichtet. Die entschiedene Kargheit der von Frau H. zitierten traktatähnlichen Schriftstücke scheint mir dem Charakter

des Gustav H., so wie ich ihn kannte, gemäßer als red-
selige Phantasmagorien. Bereits als Schülerin be-,
dauerte Bele H., daß der Krebs ihrem Großvater den
Sozialismus vorenthalten hatte, und wollte beweisen,
diese Ordnung stünde Gustav passend zu Porträt. Als
Studentin lehnte Bele H. historische Romane prinzipiell ab. Die ahistorische Beschreibung des Großvaters mag auf theoretischen Eigensinn dieser Richtung zurückgehen, die Schlußsatzerklärung des Ver-
fasservorworts gibt eine andere, mir fremdartig er-
scheinende Erklärung von gewisser Plausibilität. In
einem Brief, der die Kommentare begleitete, schrieb
Bele H.: „Auch politischen Eigensinn pflegte Gustav
in lexikalischen Vorträgen zu äußern, zum Schrecken
seiner Kinder, aber er besuchte sie nie. Er ließ sie
kommen, Großmutter Klara schloß bei solchen Ge-
legenheiten vorsorglich die Fenster, der Blockwart
wohnte im Erdgeschoß. Wenn der seine Blumenkästen goß, sickerte Wasser übern Fassadenputz, manchmal ins Fenster von Gustavs Keller, Gustav öffnete
es deshalb allabendlich und wartete drauf. Wenn er
nicht vergeblich warten mußte, fluchte er Antiansichten mit etwas Kaiser drin und kehrte erfrischt in die
Wohnung zurück, die Kellerakustik hätte einer Kirche
zur Ehre gereicht. Von den Antiansichten sind mir
wenig Einzelheiten im Gedächtnis geblieben, aber
eine auffällige, mir vertraute Geschlossenheit des po-
sitiven Weltbilds erinnere ich genau, weshalb ich dem
porträtierten Großvater streckenweise meinen Kopf
beziehungsweise mein Lexikon leihen konnte. Glück-

licherweise: Kapitalismus hab ich nicht erlebt. Daß dies meinen wörtlichen Äußerungen anzumerken ist, halte ich nicht für mangelhaft. Auf Ungenauigkeiten oder Ungereimtheiten dieser Herkunft besteh ich mit Stolz." In einem anderen Brief behauptete die Verfasserin, Frauen hätten ein schwach entwickeltes Geschichtsbewußtsein, weil sie wesentlich noch nicht in die Geschichte eingetreten wären. Um als Menschen zu leben, das heißt in die Historie einzutreten, müßten sie aus der Historie austreten: sich Natur aneignen. Zuerst ihre eigne.

Berlin, Januar 1972   Dr. phil. Beate Heidenreich

Inhalt